홀
로

홀로

다니엘 슈라이버

Allein

Daniel Schreiber

강명순 옮김

바다출판사

추천의 글

나의 삶은 과연 언제 나다운 삶이 될 것인가를 막연히 기다리고
만 있다면. 어린 시절부터 줄곧 짐작해 온 자기 삶과 지금의 실재
하는 삶 사이의 거리감에 부대끼고 있다면. 그 거리감 속 어딘가
에 외롭게 버려져 있는 것 같다면. 길을 잃은 것도 같고, 무언가
가 잘못된 것만 같다면. 그렇다면 《홀로》를 읽어보시기를 권한다.
이 책은 '혼자 살아가는 것'에 대한 자기 경험담을 세세하고 사려
깊게 쏟아부은 연구서와 같다. 혼자 사는 사람에게 반드시 전제
돼 있을 것만 같은 외로움. 그 외로움의 시간을 어떻게 영위하는
지. 그리고 어떤 사유와 기쁨을 얻는지. 이 《홀로》는 외로움과 온
전히 독대했던 저자가 세상에 내어놓는 자랑과도 같다. 외로움과
마주하는 스스로에게 가장 깊은 이해를 표하는 벗으로서, 그는 이
책을 집필했으리라. 또한, '우정'에 대한 우리의 오랜 오해를 한겹
한겹 벗겨내면서, 우정의 다른 가능성들을 드러내는 이야기다. 나
는 다니엘 슈라이버가 너무도 고마웠다. 그의 경험들에 내 경험들
을 포개보며 중요한 것을 알게 되어 가슴을 쓸어내렸기 때문이다.
모르면서도 알고 있다 착각하는 세계, 알고 있으면서도 정작 얼마
나 잘 알고 있는지도 모르는 세계. 그 세계가 《홀로》에 담겨 있었
다. 너무나 소중하지만 정작 우리가 소홀히 했던 세계 하나가 이
렇게나 명료하게 우리 앞에 도착했다.

김소연(시인)

《홀로》에서 외로움이란, 내가 발붙이고 살아가는 세상의 그늘을 진단하는 동력이자 주어진 현실에 새로이 접근할 사색이 피어나는 계기다. 다니엘 슈라이버는 쓸쓸하고 공허했던 나날들의 기억을 바탕으로 안온하며 행복하다고 느낀 시절로 도피하기보단, 오늘날 혼자서 살아가는 사람에게 덧씌워진 통념을 예리하게 뒤집는 실천을 택한다. 섬세하고도 정곡을 찌르는 저자의 문장을 따라 읽다 보면, 특히 혼자 산다는 것의 의미를 '1인 가구'라는 인구 모델로 간편히 축약해 버리는 작금의 상황이 놓치고 있는 바가 무엇인지 곱씹게 된다.

몽글몽글한 감성에 기대어 다른 사람과 주변 환경에 영향을 전혀 받지 않고 나답게 살아가는 라이프스타일을 내세우는 메시지가 범람하는 오늘날, 나를 이루는 타자와 어떻게 관계 맺으며 살아가야 하는지 끊임없이 실험하는 장이 '독립'임을 역설하는 듯한 저자의 사유와 언어에서 신뢰감을 느낀다.

김신식(감정사회학자, 작가)

홀로 있는 행위는 혼돈 속에서 현재와 함께 사라져 버리는 일이다. 다니엘 슈라이버의 글을 읽는 기쁨은 이 혼돈을 응시하며 나를 데리고 미래로 이동하는 데 있다. 나는 이제 사랑을 예찬할 마음도 사랑을 비난할 체력도 없다. 나의 정신은 오직 이 자본주의 사회에 완전히 짓눌리지 않고 파괴되지 않으려는 방식으로 작동한다. 탈가정, 비출산은 나를 규정하는 간결한 키워드이며, 나는 소외되고 제한된 현재의 내 삶에 만족하고 있다. 나는 매 순간 사라져 버리는 나 자신을 감당할 자신이 있다. 그러나 동시에 이 세상의 테두리 바깥에서 나는 내 것일 수도 있었던 삶이 흘러가는 모습을 지켜보는 이방인이기도 하다. 그러므로 자신의 세상이 아

닌 '다른 사람들의 세상'을 통과하고 있다는 느낌에 사로잡힐 때
마다 선언처럼 다니엘 슈라이버의 책을 펼칠 것이다.

유진목(시인, 영화감독)

자신이 삶에서 상실하고야만 것을 직면하는 저자의 발걸음은 아슬
아슬해 보이지만 뜨개질이나 요가처럼 평온하다. 누구든 결코 가
질 수 없는 삶이 있고 그 진실을 내려다보는 일은 두렵고 아찔하
다. 이 책은 팬데믹이라는 극한 상황에서 홀로 사는 삶과 외로움에
대해 생생히 성찰할 수밖에 없었던 저자의 '산책' 기록이다. 저자
와 함께 협곡처럼 가파른 주제의 가장자리를 거닐다 보면, 우리가
어느덧 잃어버려 되찾기는 어려운 삶을 받아들이는 법을 배운다.

김원영(작가, 변호사)

2019년 12월부터 2023년 5월까지 3년 남짓한 코로나19 범유행
시기를 어떻게 해석할 수 있을까. 우리에게 역사를 기록하고 전승
할 시간이 아직 남아 있다고 믿으며 근심스럽게도, 활동을 재개한
인류는 오래 억눌렀던 욕구를 분출하면서 이전보다 훨씬 광폭하
게 지구 자원을 낭비하고 생명 있는 타자들을 학대하는 것 같다.
병과 죽음, 우울과 고통, 혼란과 급진적 변화에 대한 반동적 망각
이 팽배한 지금, 다니엘 슈라이버는 차분하면서도 집요하게 이 모
든 부정적인 것들을 기억하려는 의지를 표방한다. 이성애, 커플,
가족 중심의 규범적 관계가 더욱 강화되었던 감염병과 격리의 시
기에, 이러한 보수적 체제에서 이미 탈구되어 있던 퀴어로서, 외
로움과 수치심의 근원을 정직하게 탐침하고, 그것과 함께 기꺼이
살아보기를 선택한다.

윤경희(문학평론가, 번역가)

언제나 사람들이 당연하게 생각하는 행동이 있는 반면에…… 사회가 침묵하고 있는 모든 것들이 있다. 사회는 명명할 수 없는 이런 것들을 느끼는 사람들에게 고독과 불행을 안겨준다. 어느 날 갑자기, 혹은 서서히 그 침묵이 깨진다. 그 감정들이 이름을 하나씩 획득하고 마침내 인정을 받게 되는 반면, 그 아래로 또 다른 침묵이 형성된다.

《세월》, 아니 에르노

목차

일러두기

— 제사는 《Les années》, Annie Ernaux, Edition Gallimard, Paris, 2008의 독일어판 《Die Jahre》, Annie Ernaux, Sonja Finck, Suhrkamp Verlag Berlin, 2017에서 저자가 따온 것이다. 한국어판은 《세월》, 아니 에르노, 1984Books를 참고.

— 본문에서 단행본과 정기간행물은 겹화살괄호(《 》)로, 논문, 기사, 영화 등의 제목은 홑화살괄호(〈 〉)로 표기했다.

— 본문에 소개된 단행본, 논문 등의 제목은 국내에서 출판된 경우 국내 판본을 따라 표기했고, 그 외는 옮긴이의 번역을 따랐다.

— 주는 저자가 표기한 것으로, 인용된 단행본과 논문 등이며, 옮긴이주는 각주로 표기했다.

혼자 사는 삶

우리는 뒷마당에 있는 흔들리는 접이식 의자에 앉아
서 커피를 마셨다. 그리고 늦여름의 마지막 따사로운 햇볕
을 쬐며, 한때는 커다란 주말농장이었으나 이제는 황폐해
진 뒷마당을 바라보았다. 베를린 교외, 리프니츠호수 근처
에 있는 이 집은 질비아와 하이코가 몇 년에 걸쳐 지었다.
마침내 두 사람과 그들의 어린 딸 릴리트는 베를린 생활을
완전히 청산하고 이곳으로 이사했다. 그들의 이사를 지켜
보는 내 심정은 꽤나 복잡했다. 우리가 이렇게 공간적으로
멀리 떨어지는 것이 나의 사회적인 삶에, 특히 수년간 지속
된 질비아와 나의 우정에 어떤 영향을 미칠지 확실히 알 수
없었다.

　　이미 수년 전부터 이 정원을 돌보는 사람이 아무도 없
었다. 우리 눈앞에는 말라버린 잡초와 갯능쟁이, 쐐기풀 등

이 마구잡이로 자라 있었고, 일 미터 남짓한 측백나무들이 마당 주위를 빽빽하게 둘러싸고 있었다. 또 마당 한가운데에는 커다란 소나무 세 그루가 하늘 높이 솟아 있었고, 그 사이로 나뭇가지가 제멋대로 뻗친 데다가 몇 개 남지 않은 잎사귀마저 앙상한 소귀나무와 만병초 덤불이 자리하고 있었다. 그런데 놀랍게도 보라색 패랭이꽃과 동자꽃, 연분홍색이 감도는 제라늄, 주황색 해바라기는 아직까지 싱싱함을 유지하며 자태를 뽐냈다. 나는 질비아에게 단도직입적으로 정원을 새로 정비할 때 내 도움이 필요한지 물었다. 왜 그래야 할 것 같은 생각이 들었는지 정확히 말할 수는 없다. 그건 아마도 내가 자연 속에서 하는 활동, 이를테면 식목이나 땅고르기 같은 일을 선호하는 것과 연관이 있을 것이다. 황폐해진 정원을 보고 내 삶과 닮았다는 인상을 받은 것 같았다. 아름다운 순간들이 적지 않았음에도 불구하고 내 삶은 절망적이었다. 지난 몇 달 동안 자꾸 마음속에서 무언가 잘못됐다는 생각이 확고히 자리를 잡았다. 성인의 삶은 이럴 거야, 하며 기대했던 젊은 시절의 오해에 굴복했고, 지난 오해의 여파가 이제야 비로소 나타나기 시작한 것이다.

나는 지금까지 단 한 번도 혼자 살아야겠다는 결심을 해본 적이 없다. 그러기는커녕 아주 오랫동안 정반대의 생각을 하고 있었다. 즉 누군가와 내 삶을 공유하면서 함께 늙어갈 거라고 믿었다. 사실 예전의 나는 길든 짧든 늘 누군가를 만났다. 비교적 길게 인연을 이어갈 때도 많았다. 파트너와 동거를 한 적도 두 번이나 있고, 그중 한 명과는 수년 동안 함께할 미래를 계획하기도 했다. 간간이 혼자 살던 시기에는 몇 주 정도의 시간도 마치 영원처럼 느껴져서 시답잖은 연애나 원나잇으로 채웠다. 일종의 로맨스 강박증이라 할 수 있는데, 다시는 되돌아보고 싶지 않은 순간들이다. 그런데 어느 순간 그 모든 것이 사라져 버렸다. 연애라고 부를만한 관계가 전혀 없는 기간이 처음에는 몇 달 정도더니 이후에는 몇 년으로 늘어났다. 가벼운 만남의 횟수도 갈수록 줄어들었다. 예전에는 오랫동안 혼자 사는 것이 불가능했다면, 지금은 의도적으로 혼자 사는 삶을 추구하고 있다.

친구들과 이 문제를 가지고 이야기를 나눈 적이 있는데, 그들에게 예전의 내가 더 젊고, 편견이 더 적고, 모험을 더 즐겼기 때문이라고 말했다. 또한 동성애자의 사랑과 욕망의 세계는 종종 무자비한 측면이 있는데, 어느 정도 나이가 들면 자신의 정체를 노출하는 것을 주저하게 된다고 고백했다. 나는 마음속으로 누군가와 다시 연애하기에는 내가 정신적으로 결함이 많은 사람이 아닐까, 생존을 위해 일을 많이 해야 하는 내 삶에, 즉 나의 생업인 글쓰기에 시간을 많이 할애해야 하는 삶에 과연 그럴만한 여유가 남아 있을까 자문했다.

　모든 답이 이미 일치했다. 하지만 한 가지 해명할 게 남아 있었다. 내가 혼자 살고 있는 이유는 내 삶에 대한 본질적인 확신이 결여되어 있기 때문이다. 꽤 오랫동안 어렴풋이 그걸 예감하고 있었던 것 같다. 나는 내 인생에 창창한 미래가 펼쳐질 거라는 확신을 한 번도 가져본 적이 없다. 누군가와 함께해도 좋을 만큼 바람직한 미래 말이다. 이건 비단 내 개인적 삶에만 국한되지 않는다. 사람들은 해소되지 않는 경제적 불균형으로 인한 빈부격차, 갈수록 커지는 독재정권의 영향, 막지 못할 게 확실해 보이는 기후변화 등 예상되는 재앙들을 막으려는 의지를 상실하고, 대신에 이상하고 향락적인 숙명론으로 재앙을 받아들이기로 한 것처럼 보였다. 여름철 가뭄, 모든 지역과 섬나라들을 파괴하는 열대성 폭풍, 대기근과 탈출 행렬과 그로 인한 정권 붕괴에 대한 예측들, 그런 현상들을 그저 손 놓고 지켜보고 있는 전 세계의 정부들에 관한 뉴스가 나를 더 절망으로 밀어 넣었다. 정치적 거짓 정보를 유포하는 조직적 운동들이 초래한 기가 막힌 결과에 대한 글을 읽을 때마다, 또 아무런 대비도 하지 않은 우리를 타격할 사이버테러와 바이오테러, 새로운 바이러스, 글로벌 전염병에 대한 경고들을 접할 때마다 절망감은 더 커졌다.

아마 내가 느낀 감정에 대한 가장 적합한 표현은 '도덕적 상처'일 것이다. 이것은 종군기자들의 외상후스트레스장애PTSD에 대한 연구에서 유래된 개념으로, 심리적 상처로 인해 현실이해에 장애가 생긴 것을 의미한다. 주로 심각한 사건을 함께 겪어야 했으나 본인은 개입할 수 없는 경우에 발생한다.[1] 비록 우리 삶이 전쟁 뉴스에 나오는 사람들의 삶에 비할 바는 아니지만 한 가지 비슷한 딜레마가 있다. 우리는 세상에서 벌어지는 공포스러운 사건들을 추적하는데, 이때 대부분이 무기력에 빠진다. 자기 자신과 세상에 대한 나의 이해에 비추어 볼 때 이미 오래전부터 그것을 나의 도덕적 기준에 대한 고통스러운 공격으로 여길 수밖에 없었다.

나는 정원을 사랑한다. 어린 시절부터 나는 열정적인 원예가였던 어머니에게 온갖 식물들의 이름을 물어보았으며, 커다란 과일나무들과 솜털이 보송보송한 아스파라거스들 사이에서 정신없이 놀곤 했다. 수년 전부터 나는 조경가 칼 푀르스터가 만든 놀랍도록 아름다운 정원을 보기 위해 정기적으로 포츠담의 보르님을 방문했다. 또 베르사유에 가면 장 바티스트 드 라 캥티니가 만든 '왕의 채소밭'을 몇 시간씩 산책할 수 있다. 비타 색빌웨스트가 색깔별로 구분해 놓은 매우 비현실적인 영지이자 정원인 시싱허스트 캐

슬을 구경할 때면 늘 숨이 막힐 정도다. 지난 몇 해 동안은 네덜란드의 조경디자이너 피트 아우돌프가 만든 정원들이 특히 내 마음을 사로잡았다. 그가 디자인한 정원들은 야생의 아름다움을 간직하고 있고, 초원의 야생화들과 고향 집의 관목과 풀들이 어우러진 율동적인 바다를 닮았다. 그의 정원에는 늘 무슨 꽃인가 피어 있고, 몇몇 식물들은 독특한 형태를 유지하면서 겨울에도 사람들의 마음을 유혹한다.

아우돌프의 정원은 말로 표현하기 힘든 방식으로 내게 말을 걸었다. 그의 정원들은 나의 후퇴 욕구만 달래준 게 아니라 현재 우리에게 닥친 역경에 맞설 수도 있겠다는 느낌을 전해주었다. 그의 정원들은 소규모더라도 세상을 더 아름답게 만들 수 있다는 가능성을 제시해 주었다. 고작 한 필지의 토지지만 더 나은 미래를 위한 토대가 될 수 있다는 가능성, 우리가 힘겹게 맞서 싸우고 있는 이 세상과 더불어, 이 세상 안에서 살아갈 수 있다는 가능성 말이다.

아우돌프와 그의 정원디자인 철학에 고무된 나는 질비아와 하이코에게 집을 둘러싸고 있는 땅을 더 넓게 개간해 보자고 제안했다. 그리고 아우돌프의 저서들을 구매해 체계적이고 꼼꼼하게 내용을 검토했다. 목적은 생태학적으로 더 오래 지속할 수 있는 정원, 세월이 흐를수록 손이 덜 가는 정원, 초목들이 각자의 자리에서 조화롭게 어우러져서 일종의 미니 생태계를 형성하는 정원, 뜨거운 여름에도 최소한의 급수만으로 유지되는 정원을 만드는 것이었다.

우리는 조금씩 작업에 착수했다. 나는 그 집의 열쇠를 하나 얻어 작업이 필요할 때마다, 혹은 기분이 가라앉을 때면 기차에 몸을 싣고 리프니츠호수로 향했다. 그곳에 가면 나는 종종 이른 새벽에 일어나 커피를 한 잔 끓여 밖으로 나가곤 했다. 손을 쓰는 수작업에 일종의 정신적 작업이 수반된 것이다. 정원사로서의 공간이 나의 정신적인 공간으로까지 확장된 셈이다. 적어도 나는 그렇게 느꼈다.[2]

그해 가을, 나는 종종 장 프랑수아 리오타르의 유명한 명제 '거대 서사의 종언'을 떠올리곤 했다. 리오타르는 이미 칠십 년대 말 자신의 책에서 '포스트모던 시대의 지식'을 제시했다. '거대 서사의 종언'이란 문구는 소설의 형식을 가리키는 말이 아니라 우리 사회가 직면하고 있는 근본적인 신뢰상실을 표현한 문구다. 여기서 그가 주목한 '서사'는 정치와 철학이었다. 그의 견해에 따르면, 두 영역 가운데 어느 한쪽도 자신에게 그 자체로 구속력 있는 '합리성'이 있다고 주장할 수 없었다.[3]

나는 우리가 거대 서사의 종언이 실제 삶에서 무엇을 의미하는지 이제야 비로소 체험하였으며, 몇 년 전부터 그것을 직접 실시간으로 확인할 수 있게 되었다는 인상을 받았다. 발전 속에서 끊임없이 전복이 이루어져 왔는데, 어떤 전복은 환영할 만했으나 어떤 전복은 지극히 위협적이었다. 예를 들어 가부장적 체계와 성에 대한 고정관념들이 무너졌지만, 집단적 책임감, 합리적 기준에 따라 학습된 사회적 행동, 민주주의에 대한 사회적 신뢰가 무너져 버렸다.

리오타르에게 거대 서사의 종언은 '자율적 주체'에 대한 의문으로 이어졌다. 자율적 주체란 자신이 확고하게 믿고 있으면서도 모든 이들과 공유하는 진리를 토대로 무엇이 옳고 무엇이 그른지 말할 수 있는 존재다. 그런데 이제 자율적 주체 대신 자기 자신에 의지해 수많은 '작은 서사' 안에서 각자의 길을 찾아야 하는 개인들이 생겨난 것이다. 그들은 시대의 근본적 변화에 직면해 계속 뭔가를 찾고 있는 '자아들'인데, 확신을 잃어버리고 완전히 새로운 것을 찾겠다는 소망을 안고 삶을 살아가고 있다. 나는 '뭔가를 찾고 있는 자아'라는 그 개념에 일치했다.

이와 같은 시대적 변화 속에서 마지막까지 살아남은 거대 서사는 아마도 낭만적 사랑일 것이다. 적어도 시작 단계에서는. 물론 우리는 오랫동안 거대 서사의 일부였던 '성스럽거나 자연스러운' 성의 규칙을 점차 버리고 있다. 오랫동안 사랑이라는 이름 아래 우리가 이해했던 것 역시 근본적으로 달라졌다. 에바 일루즈 같은 여성 사회학자들이 감정의 상업화가 거꾸로 감정에 어떤 영향을 미쳤는지 설득력 있게 규명했다. 우리 육체의 자본화 및 갈수록 더 많고 더 좋은 것을 찾는, 온전히 정서적인 관심 경제[4]가 그것이다. 그럼에도 불구하고 사랑이라는 개념은 그 흡인력의 극히 일부만을 상실했다. 우리에게 사랑은 여전히 집단 판타지의 핵심이자 개인적 기대 지평에서도 확고한 위치를 점하고 있다. 사랑은 여전히 많은 이들이 바라고 소망하는 것이다. 사람들이 생각하는 행복의 가장 본질적인 구성 요소 역시 사랑일 것이다. 대부분의 사람에게 친밀한 애정이 없는 삶은 어딘가 결여된, 불완전하고 불충분한 삶으로 여겨진다.

오늘날 우리의 불행이 개인적 실패로 규정될 때가 많다. 실제로는 전적으로 세상과 사회에 대한 타당한 반응일 수도 있는데 말이다. 애인이 없는 것 또한 일반적으로 개인의 실패로 인식된다. 매력 결핍, 경제적 빈곤, 정신적 불안정 등으로 보는 것이다. 혼자 사는 사람한테는 늘 이런 식의 억측이 따라다닌다. 특히 동정심과 혐오, 저들보다는 내가 낫지, 하는 은밀한 우월감을 얼굴에 내비치는 사람들 역시 어디에나 존재한다.

어쩌면 이러한 억측이 여전히 혼자 사는 사람들의 일상과 정신 상태에 대해 거의 아무것도 알 수 없게 만드는 태도일지도 모른다. 심리치료사 줄리아 새뮤얼이 자신의 책《이 또한 지나가리라》에서 피력한 바와 같이, 지금까지의 심리학 연구는 주로 동반자 관계, 즉 둘이 사는 삶에 방점을 두었다. 놀랍게도 사람들이 어떻게 혼자 살아가고 있는지에 대해서는 연구가 거의 이루어지지 않았다.[5] 그러나 오늘날 사람들은 점점 더 인생 설계의 방점을 자기 자신에게 두고 있다. '개인적 자율성'과 '자기실현'이 집단적 이념이 된 것이다.[6] 인생 설계의 변동 폭이 훨씬 넓어지고 다양해졌으며 전통적으로 단단했던 가족 간 결속력은 느슨해졌다. 결혼과 고전적 연인 관계는 때때로 예전보다 더 짧아지고 더 불안정해졌다. 요즘은 예전보다 혼자 사는 사람들이 훨씬 많아졌다.[7] 나 같은 사람 말이다. 우리 대다수는 파트너를 찾지도, 가정을 이루지도 못했다. 근본적으로는 그것을 원함에도 불구하고. 우리는 여전히 사랑이라는 거대 서사를 믿고 있지만 자발적 또는 비자발적으로 사랑이라는 거대 서사와 결별했다.

연인이 있든 없든 우리는 모두 밀접함에 대한 욕구가 있고, 그것을 충족해야만 한다. 말로 표현할 수는 없었지만 리프니츠호수 호숫가, 질비아와 그녀의 가족들 집에 있을 때 나는 혼자 사는 삶에 내팽개쳐져 있다는 느낌이 들지 않았다. 그녀가 이사한 이후 두려워했던 것과는 달리 우리는 많은 시간을 함께 보냈다. 주말이면 정원에서 큰 일거리들을 처리한 후 저녁에 노곤해진 몸으로 모닥불 주위에 둘러

앉아 있거나 커다란 주방에서 요리도 하고 담소도 나누었다. 채소가 얼마나 몸에 좋은지 릴리트를 설득하고 같이 카드놀이도 했다. 마음속에 이는 파도를 잠재우기 위해서는 자신이 잘 알고 신뢰하는 사람들 사이로 들어가는 것도 도움이 된다.[8]

어떤 의미에서 정원을 가꾸는 일은 질비아와 나 사이 우정의 역사에서 새로 추가된 장章으로서, 우리가 함께 써 내려온 역사책의 속편이자, 산마루와 골짜기, 강렬한 장면과 새로운 시작이 있는 이야기였다. 질비아를 처음 만난 건 열두 살 때였다. 우리는 함께 물리와 역사 수업을 들었고, 호수나 근교의 소도시들로 놀러 다녔다. 내가 동성애자라는 사실을 처음으로 털어놓은 사람도 바로 그녀였다. 열여덟 살 때 캠핑 장비를 짊어지고 여섯 주 동안 함께 이탈리아를 여행했고, 칼라브리아 해변에서는 마리화나를 피우며 몇 시간씩 화기애애하게 이야기를 나눴다. 또 그녀는 오렌지나무와 레몬나무에 둘러싸인 자신의 부모님 집에서 우리를 위해 개인 콘서트를 연 어느 첼리스트와 내 앞에서 시시덕거리며 애무를 주고받았다. 또 우리는 베를린에서 생애 첫 번째 집을 공동으로 장만했었다. 내가 뉴욕으로 이주한 뒤에는 독일을 방문할 때마다 크로이츠베르크에 있는 그녀의 집에 머물렀다. 릴리트가 태어났을 때는 며칠 동안 그 애를 내 품에 안고 있었고, 곧 대모 비슷한 역할을 했다.

질비아는 나의 정체성을 잘 알고 있을 뿐 아니라 이 년 전의 나와 이십 년 전의 내가 어떤 사람이었는지 아는 몇 사람 중 하나였다. 세월이 흐르면서 우리는 계속 변해왔다. 원치 않는다고 해도 우리는 한때 자신이 어떤 사람이었는지 계속 잊어버린다. 따라서 우리에게는 정확히 그런 망각으로부터 우리를 지켜줄 사람들이 필요하다.

혼자 사는 사람의 경우, 질비아와 나의 관계가 그렇듯 우정이 삶의 중심에 놓인다. 남녀를 불문하고 내 친구들 대부분은 내가 가장 길게 사귄 애인보다 더 오랫동안 관계를 유지했다. 연인 관계는 나에게 가장 큰 갈등의 원천이면서 가장 큰 행복의 원천이었다. 우정 관계는 대부분 공동의 관심사를 기반으로 한다. 함께 베를린필하모닉이나 국립오페라단의 공연을 예약하거나 독서나 전시회 관련 정보들을 교환하는 등의 방식으로. 또 어떤 친구들과는 함께 여행을 다니고, 어떤 친구들과는 휴일을 함께 보내며 가족처럼 지낸다. 아주 오랫동안 우정을 유지하는 친구들도 많은데, 누군가 우리에게 언제 처음 만났느냐고 물어보면 그냥 웃음으로 답할 수밖에 없다. 상대적으로 만난 지 얼마 안 된 친구들도 있다. 내 친구 중 가장 나이가 많은 사람은 일흔 살이 넘은 여자고, 가장 나이가 어린 친구는 이십 대 중반의 여자다. 나의 삶을 구성하고 있는 것은 바로 그들과의 우정이다. 나는 그들과 삶을 공유한다.

낭만적 사랑이라는 거대 서사를 다룬 이야기는 수없이 많다. 낭만적 사랑을 다룬 영화도 끊임없이 상영된다. 낭만적 사랑에 대한 이론적 설명들도 너무 많다. 그래서 우리는 밀접함과 친밀함 같은 다른 설명들에는 큰 의미를 두지 않고 무시할 때가 많다. 비록 지속적인 연인 관계를 맺지 않더라도, 비록 가정을 이루지 않았더라도, 비록 우리가 혼자 살고 있더라도 우리는 거의 항상 우정 관계를 이어간다. 철학자 매릴린 프리드먼이 역설했듯이, 많은 이들에게 우정은 더할 나위 없이 협소한 개인적 유대들 가운데 가장 논란의 여지가 없고 가장 지속적이며 가장 평화로운 유대에 속한다.[9]

우정은 오로지 자유의지에 근거한 유일한 관계이다. 두 사람은 상호 동의하에 다양한 수준으로 교류하고 함께 시간을 보내며 서로를 배려한다. 우정은 태어날 때부터 나름의 의식儀式과 의무를 가진 가족 관계와는 다르다. 또한 우정은 일반적으로 배타성을 기초로 한 연인 관계의 규칙들과도 전혀 상관없다. 우정은 연인 관계에서 중시되는 욕망과도 전혀 상관없다. 우리는 상대가 어떤 사람인지를 고려해 친구를 선택하며, 반대로 나 역시 그들의 기준에 의해 친구로 선택된다.

심지어 최근에는 우정 관계에서 종종 연인 관계와는

다른 절박함이 있다고 사회학자 사샤 로즈나일이 자신의 연구에서 지적한 바 있다. 그녀에 따르면 오늘날 우정은 '자기치유의 한 방법'이며, '자아의 상처를 치유할 때' 또는 '정신적 곤경이나 실망, 심리적 고통이나 상실감' 등에 빠졌을 때 도움이 된다. 우정은 정신적 붕괴와 관계의 실패가 모든 감정을 좌지우지하게 그냥 두지 않는다.[10]

그럼에도 불구하고 우정에 관해 이야기할 때 우리는 각자 조금씩 다른 이야기를 한다. 실제로 우리가 우정이라고 부르는 관계의 형태가 얼마나 다양한지 알면 자꾸 놀라게 된다.[11] 최근의 사회학 연구들에 따르면, 우정은 관계의 방식이 아니라 '관계의 추상적 형태들을 아우르는 통칭'이다. 즉 우정은 '단계적으로 서로 유사한 사회적 형태들의 조직'으로 이해할 수 있다.[12] 우정은 잠시 안면을 튼 지인부터 수년에 걸쳐 친밀한 관계를 유지하는 사람에 이르기까지 스펙트럼이 다양하다. 우정 관계의 폭이 넓은 사람들도 있고, 협소한 사람들도 있다. 유독 자신의 삶을 친구들과 끈끈한 우정으로 가득 채우고 '진짜 친구들과 단순한 지인'을 명확히 구분하는 사람들이 있는가 하면, 온갖 종류의 다양한 친구들을 뒤섞어 놓고 필요에 따라서 '그 사이에서 균형을 잡으려는' 사람들도 있다. 어떤 사람들은 장기적으로 친구들과 관계를 맺고, 또 어떤 사람들은 인생의 새로운 국면마다 친구의 범주를 바꾸는 사람들도 있다.[13] 우정의 비밀은 그것이 다양한 관계, 즉 아주 많은 것을 아우르는 관계들의 형태라는 것이다.

우리가 가족 관계나 연인 관계와 비교해 우정에 큰 의미를 두지 않는 이유는 어쩌면 우정을 명확히 규정하는 게 매우 힘들기 때문일지도 모른다. 오직 사랑만이 거대 서사를 요구할 수 있다. 우정은 작은 서사들을 수반한다. 미리 만들어진 모범 사례들을 마지못해 따라가는 수많은 작은 서사들 말이다.

나는 혼자 사는 것을 꿈꾼 적이 단 한 번도 없다. 파트너와 가족이 아닌 친구가 나한테 가장 중요한 영역이 되리라고는 꿈에도 생각하지 못했다. 그렇지만 나는 내 삶을 좋아하고, 내 주변의 많은 사람을 좋아한다. 내 집과 온갖 화초들이 빽빽하게 들어서 있는 테라스도 좋아한다. 여행과 맛집 찾아다니기와 몇 시간씩 산책하기도 좋아한다. 리프니츠호수 호숫가의 그 정원 재건 프로젝트 같은 일을 할 수 있는 공간도 좋아한다. 애인이 없는 내 삶도 꽤 충만하다는 느낌이 들 때가 많다. 그럼에도 불구하고 일말의 그리움 같은 빈자리가 남아 있다. 때때로 아주 짧은 순간 파트너가 있으면 좋겠다는 생각이 든다. 주말을 느긋하게 나와 함께 보낼 사람, 아침이면 내 옆에서 눈을 뜨고 저녁이면 오늘 하루 어땠느냐고 물어줄 사람, 몇 시에 귀가할 건지 말해

주고 싶은 사람, 내가 슬플 때 나를 품에 안아줄 사람 말이다. 가끔 인정하고 싶지 않지만 내가 근본적으로 무언가를 놓치고 있는 게 아닐까 자문한다. 내가 혼자 살아가는 법을 너무 잘 익혀서 외로움을 알아차리지 못하는 건 아닌지. 내가 그리움들을 밀어내고 나 자신도 의식하지 못한 욕망도 밀어내면서 내 삶의 균형을 아슬아슬하게 이어가고 있는 게 아닐까 하고.

"우리는 살기 위해 이야기한다"라는 조앤 디디온의 유명한 문장과 관련해 수필가 매기 넬슨은 그 이야기들이 "우리를 살 수 있게 해주는 동시에 우리를 구속하기도 한다"라고 말했다. 넬슨에 따르면, 우리는 "무의미한 것에서 어떤 의미를 찾기 위해 경주하면서 이야기를 왜곡하고 밖으로 노출하고 암호화하고 비난하고 찬미하고 제한하고 배신하고 신화화한다."[14] 그녀의 말이 얼마나 옳은지는 잘 모르겠다. 하지만 내 생각에 우리는 자신에게 하는 그 이야기들이 정말 우리한테 어울리는지 끊임없이 확인해야 한다. 그리고 다시 새롭게 이야기할 수 있기 위해서는 종종 그 이야기들을 내려놓아야 한다.

혼자 사는 것에 대한 나의 모든 해명이 잘못된 것 같은 느낌이 드는 건 관행적으로 나 자신의 소극적 태도를 당연시하고 있었기 때문이다. 나는 번번이 무슨 일이 '느닷없이 일어났다'라는 식으로 해명했다. 하지만 혹시 내가 계속해서 혼자 사는 삶을 추구해 온 것은 아니었을까? 아니면 아주 작은 부분이지만, 굳이 보고 싶어 하지 않았던 나의 일부가 그걸 원한 게 아니었을까? 인연을 맺음으로써 불가피하게 입게 되는 상처가 두렵고, 인연이 끝났을 때 얻게 될 긴 우울증을 피하고 싶었던 나의 일부. 꼭 필요한 화해와 일상의 마찰들이 견딜 수 없었던 그 일부. 그래서 나의 일부는 누군가가 나에게 가까이 다가오는 것을 허용하지 않았다. 아마 내가 혼자 사는 이유는 내가 혼자 살고 싶어 했기 때문일 것이다.

하지만 과연 로맨틱한 연애 없이 혼자서 좋은 삶을 살아갈 수 있을까? 친밀함에 대한 우리의 욕구를 과연 우정으로 달랠 수 있을까? 이런 식의 삶의 모델이 과연 사람들한테 얼마나 인정받을 수 있을까? 언젠가 친구들 대부분이 배우자나 반려자를 찾고 나만 혼자 덩그러니 남겨진 것 같은 느낌이 들면 어떻게 대처해야 할까? 바꿔 말해, 아프지도 않고 거짓말을 하지도 않고 독신생활을 꾸려가는 법을 어떻게 배울 수 있을까? 이게 바로 답을 찾지 못한 나의 질문들이었다.

우리는 겨울이 오기 전까지 계속 정원을 정비했다. 일단 측백나무들을 베어내고 확보한 넓은 땅을 높은 화단과 과일나무 구역으로 나누었다. 그리고 바닥을 평평하게 고른 다음 토지 경계선에 향기가 좋은 산사나무, 라일락나무, 네오레겔리아, 돌배나무, 잎이 빨간 딱총나무, 자두나무, 유행에 뒤처진 재스민 등을 심었다. 야생튤립과 수선화, 푸쉬키니아, 갈란투스, 크로커스, 미나리아재비 같은 알뿌리식물도 많이 심었다. 크리스마스장미, 넝쿨장미, 코카서스 물망초, 양치류, 야생 회향, 생장이 빠른 소철, 그늘을 좋아하는 노루오줌, 그밖에 수많은 다른 튼튼한 관목들을 심었다.

정원을 가꾸다 보면 기분이 고조되었다. 문화학자 로버트 해리슨이 자신의 책 《정원을 말하다》에서 인간은 분노와 죽음, 한없이 고통스러운 자신들의 이야기를 보기 위해 태어난 게 아니라고 했다. 그는 인간이 시대의 혼란으로부터 도피처를 찾기 위해 정원을 만든다고 했다. 해리슨의 말처럼, 우리는 역사 속으로 던져졌기 때문에 우리의 정원을 개간해야 한다. 우리의 내면에서 치유력을 발견하기 위해서, 우리의 인간성을 지키기 위해서.[15] 정원을 가꿔보면 미래가 어떤 모습이 될지 불확실하다. 몇 달 뒤, 몇 년 뒤, 혹은 수십 년 뒤에 그 땅이 어떤 모습으로 변할지 아무도 알 수 없다. 우리가 심은 씨가 과연 잘 자라서 꽃을 피울지 말지 아무도 모르는 것이다. 우리는 땅에 무언가를 심고 물을 주고 거름을 주고 잡초를 뽑는다. 그리고 그 과정에서 좌절감을 안고 살아가는 법과 그것을 극복하는 법을 배운다. 정원을 가꾸는 일은 단순한 표현이 아니라 희망을 구체적인 행동으로 옮기는 작업이다.

　우리가, 특히 혼자 사는 사람이 우정을 쌓는 것은 아마 다음과 같은 이유 때문일 것이다. 현실의 발판을 잃지 않기 위해서, 시대의 변화와 증가하는 엔트로피에 조금이라도 대항하기 위해서, 그리고 내일의 기회를 잡기 위해서. 또한 어쩌면 우정은 자신감과 포기와 수용의 연습이 아닐까? 위압적인 세상의 현실에 직면해 더 이상 상상할 수 없는 미래를 그려보려고 할 때 혹시 우정이 도움이 되지 않을까? 아니면 적어도 지금 우리가 하는 일이 중요하다는 믿음을 잃고 싶지 않을 때 우정이 아주 약간이나마 도움이 되지 않을까? 정말 내가 그렇게 믿고 있었던 건지 아니면 단지 그렇게 믿고 싶었던 건지 잘 모르겠다.

낯선 사람들의 친절

자부심에는 여러 종류가 있다. 그중 몇 가지는 치유 효과가 있다. 다른 것들은 인생에서 거의 극복하기 힘든 장애가 될 수 있다. 나는 내 일에 자부심을 느낄 때가 극히 드물다. 일이 내게 얼마나 많은 고통을 안겨주었는지와는 상관없다. 내가 그 일을 얼마나 잘하는지도 상관없다. 내가 쓴 책이 출간되고 나면 나는 그 책을 다시 읽고 싶지 않다. 내 글이 내가 아닌 다른 사람에 의해 쓰였다는 느낌이 들기 전까지 적어도 몇 년 동안은 그렇다. 또는 시간이 아주 많이 흘러 어떤 면에서는 실제로 다른 누군가에 의해 그 글이 적힐 때까지는 말이다. 나는 이루고자 했던 많은 것들을 성취했고 그게 얼마나 좋은 것인지, 또 얼마나 감사해야 할 일인지 잘 알고 있다. 그럼에도 내가 이룩한 삶에 대해 실제로 자부심을 느껴본 적이 거의 없다.

대신 나는 자부심이 어떻게 부정적으로 작동하는지 잘 알고 있다. 그건 바로 마음에 빗장을 걸어 잠그고 다른 사람들한테 자신이 무엇을 어떻게 느끼는지 보여주지 않는 것이다. 어려움 외면하기. 시선을 앞으로 향한 채 계속 걸어가기. 자세 흐트러뜨리지 않기도 마찬가지다. 상황이 어려울 때는 고개를 물 밖으로 내밀고 있는 것이 도움이 된다. 적어도 나는 그렇게 생각한다. 하지만 그런 태도를 계속 유지하면 어느 순간 그게 습관으로 고착되어 고칠 수가 없다. 자신의 기분이 어떤지 털어놓는 게 힘들어지고, 자꾸 그걸 잊으려 애를 쓰게 되는 것이다. 그리고 실은 잘 알고 있으면서도 아무것도 알고 싶지 않은 일들이 자꾸 쌓여가고 그게 너무 쌓이다 보면 압박감으로 몹시 괴로워진다.

혹시 내가 자부심이 너무 강해서 혼자 사는 삶이 훨씬 더 힘들다는 것을 인정하지 않는 것일까? 그래서 내가 인정하는 것보다 훨씬 더 고통을 받는 것일까? 혹시 나는 원래 다른 뭔가를 원하는 것일까? 바꿔 말해, 나는 자부심이 너무 강해서 이따금 외로움을 느낀다는 사실을 인정하지 못하는 것일까?

계속 집어 들게 되는 책들이 있는데, 간혹 밑줄 그어놓은 글귀들을 발견하곤 한다. 이를테면 이런 문장이다. "그는 오늘 자신이 보다 자유로운 입장에서 글을 쓰고 있다고 생각한다……. 독립선언으로 이어질 수도 있는 거만한 태도 없이, 자신의 외로움을 인정하는 슬픈 태도도 없이 그렇게 말한다."[16] 롤랑 바르트의 자서전 격인 《롤랑 바르트가 쓴 롤랑 바르트》에 나오는 문장이다. 나는 오래전 이 문장에 밑줄을 쳤다. 그런데 지금은 이 문장을 처음 읽었을 때의 감흥을 느끼지 못한다.

로맨스의 종말과 푸른색의 매력에 관한 매기 넬슨의 성찰을 기대하면서 《블루엣》을 뒤적거릴 때면 빛바랜 분홍색 형광펜으로 밑줄을 친 다음과 같은 문장이 나온다. "나는 이미 얼마 전부터 외로움 속에서도 품위를 찾으려 애썼다. 하지만 그건 힘든 일이라는 것을 확인했다."[17] 문장 옆에 느낌표가 세 개씩이나 찍혀 있다. 넬슨과 나를 동일시한 시절이 있었던 게 분명하다. 그런데 과연 지금도 그럴까?

마지막으로, 글 쓰는 사람들의 고독에 관한 마르그리트 뒤라스의 에세이 《마르그리트 뒤라스의 글》을 뒤적거리다 이런 문장을 만났다. "인간은 혼자가 되는 순간 어리석음을 향해 질주한다. 나는 독신자가 항상 광기에 사로잡혀 있다고 믿는다. 그 어떤 것도 독신자가 망상에 사로잡히는 것을 막을 수 없기 때문이다."[18] 이 글귀를 보자 심장박동이 빨라진다. 반감이 치솟으면서 의도치 않은 깨달음이 거세게 밀려온다. 자세를 유지하면서 시선은 앞으로 향할 것.

솔직히 나는 스위스에 가고 싶은 생각이 전혀 없었다.

얼마 전 루체른의 어느 호텔에서 내게 글쓰기를 위한 삼 주간의 무상 체류를 제안했고, 나는 한참 고민한 끝에 그 제안을 수락했다. 내게는 글을 쓸 시간이 필요했고 피어발트슈테터호수는 아직 가보지 못한 곳이었기 때문이다. 게다가 1월의 우중충한 베를린에서 벗어날 수 있다는 생각만으로도 기분이 조금 좋아졌다. 하지만 지금은 그런 생각이 싹 사라졌다. 사람들과 부딪치는 것도, 집을 떠나는 것도 왠지 내키지 않았다.

하지만 호텔 체류 아이디어가 매혹적으로 느껴진 이유는 몇 달 전 읽은 애니타 브루크너의 소설《호텔 뒤락》이 내가 가장 좋아하는 책들 가운데 하나가 되었기 때문이다. 나하고 생각이 비슷한 영국 친구가 하나 있는데, 우리의 대화는 번번이 팔십 년대 초반에 출간된 그 책에 관한 이야기로 돌아가곤 했다. 런던에 사는 주인공 이디스 호프는 연애소설 작가다. 그녀의 친구들이 유부남과의 위험하고 부적절한 연애를 끝낼 수 있도록 그녀를 한동안 레만호수 호숫가에 있는 어느 우아하고 고풍스러운 호텔로 보낸다. 모든 일반적 연애소설을 뒤흔드는 이 놀라운 책의 중심에는 마흔을 앞둔 독신 여성으로서 이디스의 사회적 지위에 대한 논쟁이 놓여 있다. 게이인 내가 왜 이 소설에 그토록 매료되었는지는 말할 수 없다. 아마 그건 이 소설의 기조가 기본적으로 어두운 데다가 결혼 제도에 기반을 둔 사회의 다

충적 차별을 매우 세련된 유머로 다루었기 때문일 것이다. 이디스는 자신의 약점과 슬픔을 잘 드러내지 않는 매우 강한 사람이다. 자신에게 늘 협소하고 제한된 영역만을 허용하는 사회에서 이디스는 자기만의 완전한 자유공간을 확보하는 데 성공한다. 정말이지 고무적인 일이 아닐 수 없다. 그래서 그녀가 체류한 우아한 호텔이 계속 내 머리에 남아 있었다. 스위스의 어느 커다란 호숫가에 있는 호텔. 지평선에 눈 덮인 산맥이 보이는 호텔 말이다.

나는 늘 스위스를 좋아했다. 그리고 일 때문에 보통 일년에 한두 번은 취리히를 방문한다. 내 두 번째 책의 일부도 제네바에서 썼고, 한때 나의 반려자였던 다비드와 여름한 철을 로잔에서 보낸 적도 있다. 몇 년 뒤에는 다른 남자가 나를 장크트모리츠로 초대했다. 그때 우리는 식사에 초대해준 어느 미술품 수집가의 집을 향해 눈길을 뚫고 터벅터벅 걸어갔다. 그 집 거실에는 내가 지금까지 본 것 중에 가장 큰 바스키아 그림이 걸려 있었다. 나는 아트 페어 취재차 바젤에 간 적도 있고, 발리스 문학 축제에 참여한 적도 있다.

스위스는 종종 어린 시절 넋을 잃고 봤던 팔십 년대 TV 광고의 약속이 현실에서 구현된 것 같은 인상을 주었다. 모든 게 아주 깨끗했다. 그리고 적당한 규모의 진취적인 나라처럼 보였을 뿐 아니라 부유함이 흘러넘쳤고 질서

정연했다. 지나친 이상화는 금물이라는 것을 잘 알면서도 나는 그렇게 느꼈다.

나는 스위스 체류가 힘들 거라는 사실을 이미 알고 있었다. 일 년 중 이맘때면 컨디션이 몹시 저하되었기 때문이다. 연말이면 어김없이 찾아오던 감정이 몇 주 전 다시 시작되었다. 게다가 갈수록 낮의 길이가 짧아지기 때문에 조금이라도 햇볕을 쬐면서 공원을 한 바퀴 돌려면 늦어도 세 시에는 책상에서 일어나야 했다. 겨울이 다가오고 있었다. 크리스마스 직전의 내 생일부터 시작해 크리스마스 연휴, 연말, 새해까지 이어지는 나날은 내게 암흑의 시간이었다. 혼자 살고 있다는 사실을 가장 절실하게 느끼기 때문이다.

그건 모호한 감정, 예를 들어 서서히 나를 사로잡는 불안감 또는 뭐라 명명해야 좋을지 모르는 정체 모를 욕망으로부터 시작된다. 그런 감정에 사로잡힐 때면 나는 일을 더 많이 하고 시내에서 평소보다 더 오래 산책한다. 콘서트, 발레공연, 극장에도 자주 찾아가고 끝까지 읽지 못한 책을 다시 집어 든다. 또한 나의 대자와 대녀한테 줄 완벽한 크리스마스 선물을 찾아다니고, 오렌지와 귤과 레몬으로 선물용 잼을 만든다. 친구들한테 줄 파네토네나 슈톨렌을 구워서 일부는 내가 직접 먹기도 한다. 몇 년 동안 나는 강림절에 벌써 크리스마스트리를 세웠다. 그런 다음 그게 마치

존 싱어 사전트나 제임스 티소의 그림에 나오는 화려한 파리의 드레스처럼 보일 때까지 강박적으로 반짝거리는 전구와 장신구들로 트리를 장식했다. 지금 크리스마스트리 장식용품들은 내 창고에 쌓여 있다.

때로는 그런 행동들이 도움이 된다. 하지만 때로는 그게 강박관념이나 조증躁症으로 변해 정신 상태를 무너뜨리려 한다. 아직 본격적인 우울증이라 할 수는 없지만 우울증으로 이어질 가능성이 크다. 정신을 똑바로 차리지 않으면 그 상태가 몇 주 내지 몇 달 동안 내 삶을 완전히 장악해버린다. 그 단계가 되면 갑자기 모든 게 시들해진다. 일 년 중 가장 긴 시간 동안 나를 지탱해주던 자기 환상이 깨져버리는 것이다. 그리고 사람들이 삶의 근거로 삼고 있는 고의적 망각에 실패한다. 어떤 상태인지 더 잘 설명해 보자면, 그건 마치 중요한 판타지를 상실한 것 같은 기분이다. 결국 나는 혼자 사는 내 삶이 좋은 삶이라는 믿음을 버린다.

좋은 삶에 대한 이런 판타지는 단순히 개인적 판타지 이상이다. 이건 많은 사람이 공유하고 있는 사회집단적 판타지 구조로서, 우리 자신과 우리가 사랑하는 사람들, 그리고 우리 모두에 의해 계속 새롭게 기획되고 전개된다. 의식적으로 판타지로부터 벗어나려 애써도 우리는 마음속에 남은 그 흔적들을 날마다 마주하게 된다. 판타지 일부는 유복함에 대한 포괄적 환상이다. 즉 자신의 생업으로 여유 있게 생계를 꾸려나갈 수 있다는 믿음, 필요한 만큼 노력하면 누구나 어느 정도의 부유함을 얻을 수 있다는 믿음 말이다. 이 판타지의 또 다른 측면은 현재진행형 연애와 가정 만들기다. 때로는 이 두 가지가 재력보다 더 중시된다. 그 이유는 특히 이 두 가지가 훨씬 더 자연스럽게 우리의 사회생활 유전학에 속하므로 배경을 의심받는 경우가 드물기 때문이다.

좋은 삶에 대한 이런 판타지 구조는 일종의 약속이다. 결코 많은 사람에게 그런 일이 일어날 수 없다는 증거가 차고 넘치는데도 불구하고 사람들은 그 판타지에 매달린다. 미국 철학자 로렌 벌랜트에 따르면, 현대사회에서는 그런 삶을 살아가는 게 완전히 불가능하기 때문에 많은 사람에게 그런 판타지는 오히려 방해될 뿐이다. 벌랜트는 이런 현상을 '잔인한 낙관주의'라고 불렀다. 그녀에게 이것은 우리 시대의 징표다.[19] 벌랜트는 우리의 일상이 종종 미래에 대한 현실적인 계획 수립은 허용하지 않고, 미래를 상상으로 그려보는 것만 허용하는 일종의 생존 훈련 같다고 했다.[20] 그녀는 이것이 질병이 아니라 세상에 대한 적절한 반응이라고 강조하면서, 모순과 난관과 양가감정과 대결해야 하는 우리의 삶을 견딜 수 있게 해준다고 했다.[21]

연말마다 열광적인 축제와 함께 사회 전체가 좋은 삶에 몰두하는 동안 나는 음울한 기분이 되어갔다. 내 마음속에서 잔인한 낙관주의가 무너졌기 때문이다. 즉 파트너가 없어서, 작가인 내 일상이 종종 경제적 어려움에 부딪혀서, 내 인생이 실패했다는 느낌에 사로잡히는 것이다. 내 삶은 앞으로도 좋은 삶에 대한 판타지의 두 축이라 할 수 있는 부유함과 사랑의 행복 없이 계속될 거라는 사실을 도처에서 확인하기 때문이다. 그리고 언젠가는 상황이 바뀔 거라는 확신에 매달리는 것이 얼마나 잔인한 일인지 깨닫는다. 나는 연말만큼 외로움을 크게 느껴본 적이 없다.

내가 연말을 어떻게 보내는지는 외로움과 아무런 상관없다. 그때도 나는 친구들이나 부모형제들을 직접 만나거나 전화 통화를 했다. 종종 그랬듯이 크리스마스이브에는 가장 오랜 친구들 가운데 하나인 마리와 마리의 남편 올라프, 그들의 아들이자 내 대자인 존과 함께 보냈다. 크리스마스 연휴 첫날 점심에는 기운 넘치는 꼬맹이들이 북적거리는 에이미와 다니엘 부부의 집에 초대받아서 멕시코식 크리스마스 음식을 먹었다. 그런 다음 카르스텐과 해리엇의 집에 가서 저녁을 먹었다. 12월 31일에는 라비어와 다비드의 집에서 열린 파티에 참석했다. 외로움이라는 감정은 내가 실제로 혼자인지 아닌지 상관없었다. 나의 외로움은 크리스마스 시즌에만 느끼는 감정이다. 다른 때였다면 내 삶이 관습의 측면에서는 전혀 좋지 않지만 나름대로 충만하고 흥미진진한 삶이라고 생각했을 것이다. 또한 내 삶은 다른 종류의 부유함과 사랑이 가득한 삶이라는 사실을 자각했을 것이다. 하지만 크리스마스 시즌에 느끼는 외로움은 그걸 자각하는 데 실패한 데서 비롯된 증상이다.

혼자 사는 많은 사람이 그럴 거라고 믿는다. 거리에 크리스마스 조명이 켜지기 시작하면 요동치기 시작한 마음이 거기서 도무지 빠져나오지 못한다. 왜냐하면 본능적으로 자신이 다른 사람들의 세상을 통과하고 있다는 감정에 사로잡히기 때문이다. 사랑하는 사람들, 부모님과 조부모님의 세상 말이다. 롤랑 바르트는 그 감정을 '철학적 외로움'의 한 형태라고 봤다. 이는 우리가 사회 시스템과 범주 밖에 있기 때문에 생기는 외로움이다. 그는 《사랑의 단상》에서 "나는 그냥 더 이상 대화하지 않는다"라고 말했다. "반대로 사회는 나를 억압의 시선 속으로 밀어 넣는다. 그건 검열도 아니고 금지도 아니다. 단지 내게 선고된 무의미한 침묵의 명령 때문에 나는 제외된 인간이 된다. 제외된 인간한테는 인간의 일들과 거리가 생긴다. 나는 그 어떤 범주에도 속하지 않고 내게는 그 어떤 도피처도 없다."[22]

우울한 연말 기분에도 불구하고 나는 피어발트슈테터 호수로 향했다. 물론 그 전에 여행 준비라는 고비를 넘어야 했다. 트렁크에 짐을 싸고, 이웃집 남자 팀에게 우편물을 챙겨달라고 부탁해야 했다. 그럼에도 불구하고 피어발트슈테터호수에서의 체류가 내게 좋은 영향을 줄 거라는 생각이 들었다.

　호숫가에 자리한 보세주르라는 이름의 호텔은 상상했던 것보다 훨씬 더 훌륭했다. 두 명의 호텔 공동대표는 '좋은 체류'라는 뜻의 이름이 약속한 모든 것을 지켰다. 나는 그들의 관대함에 감동했다. 그들은 내게 집기가 구비된 작은 사무실과 호수와 산이 보이는 전망 좋은 침실을 제공했다. 아침이면 침대에 누운 채 해가 뜨는 풍경을 볼 수 있었다. 발코니에 앉아 담배를 피울 때면―사 년 전 다시 담배를 피우기 시작한 이래 아직 금연에 성공하지 못했다―잔잔한 호수의 수면 위를 유유히 스쳐가는 커다란 흰색 증기선이 보였다. 햇볕이 쨍쨍 내리쬐는 겨울 하늘과 눈 덮인 산맥을 배경으로 필라투스산과 뷔르겐스톡, 그리고 리기산을 향해 항해 중인 유람선이었다. 그걸 보고 있노라면 세상이 이토록 아름답고 신비로울 수 있다는 것에 절로 감탄이 나왔다. 정말이지 엄청난 위로였다.

　어째서 내가 그곳에서 하이킹을 시작했는지는 모르겠다. 다만 나 자신도 놀랄 만큼 하이킹을 많이 했다. 놀라운 경치는 날마다 산으로, 숲으로, 눈 속으로 들어가고 싶은 욕구를 일깨워 나를 밖으로 내몰았다. 어쩌면 중국 우한에서 발견된 위험한 새 바이러스와 연관이 있었을지도 모르겠다. 그 바이러스로 인해 하루에 수백 명, 수천 명씩 폐렴으로 사망한다는 기사들이 쏟아졌다. 그래도 루체른은 안

전하다는 느낌이 들었다. 여기서는 극히 소수의 사람만 불안해하는 것 같았다. 물론 그렇다고 불안감을 완전히 떨쳐버릴 수는 없었다. 나의 걱정을 덜어주고 곤두선 신경을 누그러뜨리고 아직 목숨이 붙어 있다는 사실을 자각할 수 있게 해주는 뭔가가 필요했다.

나는 큰맘 먹고 후원금 일부를 튼튼한 트레킹화와 메리노 셔츠와 몸에 딱 맞는 아웃도어 재킷을 구매하는 데 썼다. 그 가게 주인이 몹시 친절했는데, 그녀가 눈 덮인 겨울산 말고 조금 쉬운 하이킹 코스를 몇 개 추천해 주었다. 먼저 연습 삼아 조금 쉬운 코스들을 돌면서 어디까지 도전할 수 있는지 스스로 확인해 보라고 했다.

나는 작가라면 남녀불문하고 하이킹을 좋아할 거라고 믿는다. 하이킹은 원하든 원하지 않든 책상에서 고독한 작업을 할 때 엄습하는 우울한 기분을 떨쳐버리게 만드는 좋은 수단이다. 문학사상 가장 심한 우울증에 걸린 사람이 가장 열렬한 산책 애호가인 경우가 드물지 않다. 자연 속에서 산책을 통해 자신의 건강을 개선한 작가들 이름을 모으면 아주 긴 목록이 될 것이다. 윌리엄 워즈워스와 도로시 워즈워스 부부, 헨리 데이비드 소로, 로버트 루이스 스티븐슨. 거기다 괴테는 당연하고 루소, 니체, 그 밖의 다른 사람들까지. 미셸 드 몽테뉴는 목적지 없이 페리고르의 목가적

전원 풍경 속을 배회하는 것을 좋아했다. 오히려 그는 다른 사람들과 마주치지 않도록 조심했다. 재능이 가장 뛰어난 소설가 버지니아 울프는 가장 훌륭한 방랑자이자 유감스럽게도 가장 뛰어난 우울증 환자였다. 그런 그녀에게 서섹스와 콘월의 해안 절벽은 구원이었다. 언젠가 스스로 밝혔듯이, 버지니아 울프는 '자기만의 방의 외로움 이후' 오로지 산책을 통해서만 '자아'를 내팽개칠 수 있었다고 말했다.[23] 나는 그녀가 무슨 뜻으로 그런 말을 했는지 안다. 그녀한테는 자아발견이 중요하지 않았다. 몸이 안 좋을 때 하는 산책은 자아를 발견하기 위한 산책이 아니다. 적어도 일단은 그렇다. 처음에 그것은 자기 자신으로부터 멀리 달아나고 싶어서 하는 산책이다.

익히 알다시피 피어발트슈테터호수 호숫가의 숲속보다 자기로부터 더 잘 달아날 수 있는 곳은 세상 어디에도 없다. 처음에는 서너 시간이면 충분히 다녀올 수 있는 코스들을 걸었다. 그런데도 예상했던 것보다 육체적으로나 정신적으로나 훨씬 더 힘들었다. 독일 북부 지방 산들의 고도에 익숙하다고 자신했으나 알프스에서는 계속해서 속이 메슥거렸다. 꽤 힘든 등산 기술을 요하는 상황에 처할 때가 몇 번 있었는데, 그때는 어찌해야 좋을지 몰라 당황했다. 하지만 기어코 나는 모든 코스를 완주하는 데 성공했다. 등산 중에 종종 마주친 다른 등산객들이 가파른 돌계단 혹은 바닥을 뚫고 올라온 나무뿌리들이 서로 뒤엉켜 있는 좁은 산비탈을 내려가는 방법을 설명해주곤 했다. 가끔은 잠시 휴식을 취한 뒤 스스로 길을 찾기도 했다.

　나는 쉬는 날이면 늘 산속을 헤매고 다녔고, 피어발트 슈테터호수 주변으로 사시사철 통행이 가능하도록 조성된 등산 코스들도 전부 돌아보기 시작했다. 일단 출발 지점들 중 한 곳까지 배를 타고 건너간 다음 그때부터 몇 시간 동안 등산을 했다. 그리고 날이 어두워지기 전에 루체른행 마지막 배를 탈 수 있도록 항상 정신을 바짝 차렸다. 근육통이 심했고, 팔다리는 물론이고 발과 등도 욱신거렸다. 그런데도 책상에서 한 이틀 정도 시간을 보내고 나면 다시 밖으로 나가고 싶어 좀이 쑤셨다. 믿을 수 없을 정도로 강렬하고 삶을 긍정하는 자유로운 햇볕, 얼음처럼 차가운 공기, 눈, 얼굴에 부딪히는 한기, 그 모든 것이 알 수 없는 방식으로 내게 행복감을 안겨주었다. 게다가 완전히 내 머리를 맑게 해준 덕분에 나는 베를린에서의 삶을 까맣게 잊어버렸다. 한 걸음씩 앞으로 발을 내딛는 것 외에 아무것도 하지 않을 때 오히려 우리의 사고가 새 궤도를 찾는 것 같다. 육체와 정신과 세계가 예전과는 다른 방식으로 만나 새로운 대화를 시작한다. 걷기와 경치와 호흡이 어우러져 아주 독특한 사고의 리듬이 생겨나는 것이다.[24]

　등산을 이어갈수록 나 자신에 대한 신뢰감 역시 커졌

다. 나는 아름다운 경치를 마음껏 즐겼다. 그리고 끊임없이 육체적 한계에 직면하며 광활한 자연 속에서 나의 외로움을 극복했다. 그리고 사물들을 다른 시선으로 새롭게 보는 법을 터득했다. 신체의 움직임이 옛날의 어떤 사건들에 대한 기억을 되살려 주었다. 까맣게 잊고 있던 시절의 일들이 더 크고 분명한 맥락 속에서 점점 더 뚜렷하게 떠올랐다. 등산하는 내내 나는 제대로 깨닫지도 못한 채 나 자신과 나의 삶에 대해 곰곰이 생각했다. 산은 너무 거대하고 나는 너무 작았다. 그리고 실제로 나의 일상을 지배했던 모든 것들로부터 아주 자유로웠다. 사람들이 등산할 때 느끼는 감격을 이해할 것 같았다. 나는 매번 그것을 새롭게 느꼈다.

곧 나의 컨디션이 조금씩 나아졌다. 물론 등산이 큰 역할을 했다. 전망이 좋은 침실과 일을 할 수 있는 사무실, 그리고 호텔에 체류하는 동안 일상적으로 신경 쓸 일이 별로 없다는 사실도 한몫 거들었다. 하지만 내 컨디션에 가장 큰 영향을 미친 것은 놀랍게도 보세주르호텔의 직원들이었다. 호텔 대표가 특별히 지인들과 친구들을 직원으로 고용한 덕분에 일종의 가족 공동체 같은 분위기가 호텔을 지배하고 있었다. 호텔 생활이 며칠 지났을 때, 이유는 정확히 말할 수 없지만 그곳에서 날마다 만나는 사람들에게 호감이 생긴 것을 확실히 깨달았다. 이건 나에게 특별한 일이었다. 그 호감은 즉흥적이고 자동 반사적으로 형성된 감정이었다. 일단 몇 가지 일에 있어서 그곳 사람들의 시각이 나와 유사했다. 이 혼란스러운 세상에서 특정 문제들에 대해 분명한 공감과 분명한 혐오를 공유한다는 것은 대단한 일이었다. 언젠가 지성인 질비아 보펜셴이 지적한 바와 같이, 그와 같은 '즉흥적 동맹'은 당연히 현실에서는 그리 신뢰할 만한 게 못 된다. 하지만 그건 아름다운 일이다. 왜냐하면 그런 동맹은 너무나 순식간에 지나가 버리고 또 때때로 그것이 우정의 시작이 되기 때문이다.[25]

친밀하거나 밀접한 사이가 아닌 관계들 역시 우리와 우리의 심리적 균형에 중요하다는 것은 사실이다. 우리는 친밀한 친구와 가족, 동반자로 구성된 범주 안에서만 사는 게 아니다. 우리는 훨씬 더 넓은 사회적 범주들 안에서 활동한다. 일반적으로 '네트워크'라고 부르는 이것은 때때로 복잡하게 얽혀 있지만 일반적으로 우리 일상에 생각보다 훨씬 큰 영향을 미친다.[26]

사회학자 마크 그래노베터가 이런 현상을 최초로 연구했다. 그는 칠십 년대 초 자신의 논문 〈약한 유대의 힘〉에서 이전에는 기껏해야 직관적으로만 이해되던 것을 구체적으로 규명했다. 지인, 이웃, 동료, 친구의 친구, 우연히 혹은 특정한 계기로 만난 사람들과의 유대 말이다. 그라노베터는 이런 '약한 사회적 유대'에서도 커다란 힘이 나온다고 믿었다. 그에 따르면 이런 관계는 어느 정도 '연결 기능'을 갖고 있어 다른 방식으로는 전달될 수 없는 정보들을 전달하는 데 적합하다.[27] 여러 사회학자가 그의 연구를 단초 삼아 이념과 정신 상태, 태도, 패션, 감정, 성향 등이 네트워크 안에서 얼마나 쉽게 확산되는지, 또 알지 못하는 사이에 우리가 그것들에 얼마나 큰 영향을 받는지 입증하였다.[28]

　피어발트슈테터호수 호숫가에서 체류할 때 만난 나의 이 새롭고 작은 '네트워크'에서 특히 좋은 인상을 준 태도들 가운데 하나는 기본적이고 사려 깊은 친절이었다. 베를린의 일상에서는 종종 아쉽게 생각했던 부분이다. 친절은 종종 지루하고 솔직하지 않은 태도라는 의심을 받는다. 게다가 왠지 고루하고 딱딱하고 시대에 뒤처진 개념 같아서 오늘날의 신자유주의 정신에는 맞지 않는다. 만약 사회가 당연하게 구성원들을 승자와 패자로 나누면 어쩔 수 없이 필요한 사람만 친절한 사회가 될 것이다.

　하지만 정신분석가 애덤 필립스와 문화사학자 바바라 테일러가 그들의 공동 저서 《친절에 대하여》에서 밝힌 바와 같이, 비록 친절이 지난 수십 년 동안 '금지된 쾌락'의 지위를 얻었음에도 친절은 "우리의 정서 건강 및 정신 건강에 필수적이다." 필립스와 테일러는 타인의 친절을 경험하는 것이 어떤 것인지에 주목했을 뿐 아니라 타인에게 친절을 베푸는 게 어떤 것인지에도 주목했다. 그들이 염두에 두는 것은 우리의 아주 평범한 삶에서 경험하는 평범한 친절이다. 그들이 관찰한 바에 따르면, 이런 친절은 항상 유약함의 표식으로 정의되기 때문에 사람들로 하여금 타인에게 친절을 베푸는 것을 회피하게 만들고, 회피에 대해 온갖 그럴듯한 변명거리를 찾게 만든다.[29]

종종 버스나 기차를 타고 갈 때면 증오로 가득 차고 자기반성이 없는 온라인 논평의 홍수가 현실 세계로까지 퍼지고 있다는 인상을 받는다. 대부분의 사람은 경솔한 판단, 부주의함, 소소한 공격 등이 얼마나 고통스러운지 알고 있다. 하지만 친절한 태도 또한 많은 사람에게 도발로 여겨질 수 있다. 이것은 부분적으로 특정한 문화적 특징에서 기인한다. 가끔은 '불편한' 진실을 '직설적으로' 표현하는 것도 좋은 태도에 속한다. 이런 경우에는 자신의 발언이 타인의 마음을 아프게 하는 것을 감수할 만큼 중요한지 자문할 수 있다. 소위 불편한 진실을 말하는 배경에는 편안해지고 싶은 마음이 숨어 있는 경우가 더러 있다. 상대에게 최소한의 공감조차 해주고 싶지 않은 마음에서 나온 태도이다.

친절한 태도를 보이는 것은 어렵지 않다. 일반적으로 친절은 타인을 만났을 때 보이는 최초의 직관적 반응들 가운데 하나다. 상대방에게 확실한 관심을 보이고 그의 말에 귀를 기울이는 것은 어렵지 않다. 우리는 누구나 상처받기 쉬운 사람들이라는 것과 자신이 뱉은 말이 가져올 결과에 책임을 져야 한다는 것, 그리고 자신이 옳다는 생각이 때로는 틀릴 수도 있음을 인식하는 것은 어렵지 않다.[30]

살아오는 동안 나는 이미 많은 사람의 마음에 상처를 입혔다. 때로는 고의로, 때로는 무의식적으로, 때로는 부주의해서. 물론 나 자신도 마음의 상처를 많이 입었다. 내가 항상 사람들한테 친절했는지는 모르겠다. 하지만 적어도 친절하게 대하려고 노력했다. 우리는 상대방이 보여주는 얼굴 뒤에서 무슨 생각을 하고 있는지 절대 알지 못한다. 다른 사람들이 어떤 인생 행로를 걸어왔는지, 그들이 날마다 무엇과 씨름하는지 절대 알지 못한다. 겉으로만 보면 사람들은 늘 우리가 느끼는 것보다 훨씬 강해 보인다.

실제로 내 컨디션이 다시 회복되었다고 느끼기까지는 시간이 좀 걸렸다. 어느 정도 시간이 흐르자 좋은 삶에 대한 나의 확고한 판타지들에 내재해 있는 잔인성이 그다지 절박하게 느껴지지 않았다. 전혀 알고 싶지 않았던 일들에 대해서 이제 나는 정말로 아무것도 모르거나 그리 많이 알지 못했다. 내 삶의 토대이자 꼭 필요한 자기기만이 다시 작동하기 시작했다. 오래전부터 1월은 우울함에 맞서 싸워야 하는 한 해의 시작이었다. 어느 순간 혼자 있는 것이 더 이상 고통스럽지 않았다. 나는 더 이상 외롭지 않았다.

호텔 체류가 끝나갈 무렵, 어느 날 등산을 끝낸 후 루체른으로 돌아가는 유람선의 뱃전에 앉아 있었다. 날씨가 몹시 추웠지만 어깨에 커다란 숄을 두른 채 넘실대는 파도를 구경했다. 백조와 물새, 그리고 오리 떼가 미끄러지듯 수면 위를 가로질렀다. 산맥들과 마을들이 내 곁을 스쳐 나갔다. 그림 같은 교회와 우아한 주택들, 십구 세기의 커다란 호텔들을 품고 있는 마을들은 마치 다른 시대에 살고 있는 것처럼 보였다. 웅장한 건물들 가운데 한 곳에서 갑자기 '호텔 뒤락'이라는 글자를 발견한 순간 내 심장이 두근거리기 시작했다. 나는 사진을 찍어 애니타 브루크너의 소설에 관해 이야기를 나눴던 친구한테 보냈다. 사진을 보면 분명 그 친구의 얼굴에 환한 미소가 떠오를 거라 생각했다. 소설 끝부분에서 이디스 호프는 결국 연애하던 남자와 헤어지기로 한다. 어쩌면 사랑했을지 모르는데. 그리고 애틋한 감정 없이 그녀에게 청혼했던 남자, 청혼을 통해 그녀에게 다른 형태의 사회참여와 인정을 제공해 주려던 남자와도 헤어지기로 한다. 결국 그녀는 혼자 살기로 결심한다.

혼자 사는 삶은 파트너나 가족과 함께 사는 사람들이 체험할 수 없는 요구들에 직면한다. 파트너가 있는 사람들 역시 외로움을 느낄 수 있다. 하지만 혼자 살면서 외로움을 느끼는 사람은 한동안 계속 그 상태를 유지할 것이다. 외로움은 밀물처럼 밀려왔다가 썰물처럼 빠져나간다. 때때로 외로움이 절박한 감정으로 인식되지만 사람들은 금세 잊어버린다. 아니면 다시 냉혹한 외로움에 사로잡힐 때까지는 쉽게 옆으로 밀쳐놓는다. 혼자 사는 것이 자발적이냐 아니냐는 상관없다. 친구가 얼마나 많은지도 상관없다. 자신의 삶을 얼마나 잘 이끌어가느냐도 상관없다. 외로움은 혼자 사는 삶 자체에 따라오는 부수 현상이다. 이것을 받아들이는 게 정말이지 힘들다.

자존심 때문에 세상에 감정을 드러내고 싶지 않은 나머지 자신은 고통을 전혀 안 느낀다고 스스로 최면을 거는 게 고통을 목도하고 그것과 씨름하기보다 훨씬 더 쉽다. 하지만 무릇 감정이란 그게 좋은 것이든 나쁜 것이든 느끼고 받아들이고 극복해야 한다. 혼자 사는 삶은 때로는 아프고 때로는 아프지 않다. 제대로 혼자 살기 위해서 때로는 새로운 방법을 찾아야 한다. 아니면 적어도 새로운 방법이 있을 수 있다는 가능성에 마음을 열어야 한다. 때로는 호수나 산을 찾아갈 용기를 내야 한다. 겨울 태양을 향해 고개를 들어야 하고, 나와 함께 그 길을 걸어가고 있는 친절한 사람들에게 의지해야 한다. 자부심에 여러 종류가 있듯이 혼자 살 수 있는 방법들 또한 여러 가지가 있다는 것을 기억하라. 외로움에도 여러 종류가 있는 법이다.

우정의 대화

베를린으로 돌아왔을 때까지만 해도 나는 사람들이 일상을 종말처럼 느낄 법한 시간이 시작되었다는 것을 알지 못했다. 사실 이 종말은 이미 수년 전부터 예고된 것으로 그동안 그 과정이 차근차근 진행되어 왔다. 하지만 사람들이 거기에 너무 익숙해지는 바람에 그게 얼마나 역동적인지 깨닫지 못했던 것이다. 루체른에 머무는 동안 나를 두려움에 떨게 했던 그 바이러스가 끊임없이 전 세계로 확산되고 있었다. 감염 사건, 감염자 수, 중국의 감염 진행 상황 등을 보고 사람들은 경악했다. 절대로 일어나서는 안 되는 사건이었다. 수많은 과학자가 자연환경 파괴와 대규모 동물사육, 글로벌한 이동성 확대, 그로 인한 인수공통감염병 증가 등을 고려해 오래전부터 경고해 온 일이 발생하고 말았다.

스위스에서 돌아오고 며칠 지났을 때 몸이 아프기 시작했다. 나는 평소처럼 걸렸다 하면 증세가 보통 한 날쯤 지속되는 평범한 독감이나 감기라고 생각했다. 그리고 내 생각이 맞았을 것이다. 겨울이면 독감을 달고 살았으니까. 하지만 새 바이러스에 대한 불안이 확산되고 있었고, 당시만 해도 아직 진단 시약이 개발되지 않은 터라 조심할 수밖에 없었다. 나는 대부분 집 안에서 머물렀고, 사람도 거의 안 만났다. 외출이라고 해봤자 짧은 산책이 다였다. 알고 지내던 대부분의 사람과는 영상 통화나 전화로 소통했다. 일하지 않을 때는 책을 읽었다.

내 친구들 가운데 몇몇은 이십 년 넘게 알던 사이다. 우리의 우정은 대학에서 일반문예학 및 비교문예학과 첫 강의를 함께 들으면서 시작되었다. 당시에, 그러니까 구십 년대 말에 우리 대학은 변두리 분위기가 물씬 풍기는 베를린 달렘 지역의 한 허름한 건물에 자리하고 있었다. 우리 우정의 초창기 시절을 돌아보면, 앞에서 언급한 질비아 보펜션의 특이한 '즉흥적 동맹'이 삶의 우연과 결합해 이루어졌음을 확인할 수 있다. 오랫동안 나는 우정을 정체성의 문제로 여겼다. 대화를 통해 감정과 사고, 세계관을 교류하면서 상대가 어떤 사람인지를 깨닫는 문제, 즉 오랫동안 저녁 시간을 함께 보내며 그 사람의 매력을 수용할 수 있느냐 하는 문제 말이다.

　나르시시즘과 도플갱어 문화를 다룬 기초 과정 강의
는 내가 많은 친구를 사귈 수 있게 된 기회였다. 그 강의의
읽기 과제는 우리를 주눅 들게 만들었는데, 대부분 언어로
인한 문제였다. 읽어야 할 분량도 엄청났지만 텍스트의 내
용 자체도 문제였다. 강의 계획표에는 오비디우스의《변신
이야기》, 지그문트 프로이트의 심리분석 논문들, 자크 라
캉, E.T.A. 호프만의《악마의 묘약》, 장 파울의《지벤케스》
와 카프카의《변신》, 한 번도 안 읽어서 제목조차 잊어버린
프랑스 고전 희곡, 그밖에도 많은 책들이 적혀 있었다. 제
일 기가 막힌 것은 수업에서 오로지 원서만 다룬다는 것이
었다. 당연히 오비디우스는 라틴어로, 프랑스 희곡은 고대
프랑스어로 읽어야 했다. 당시 우리는 확고한 자존감을 가
진 학생들까지 모두 당혹감을 감추지 못했다. 우리 몇몇은
팀을 짜서 도서관에서 번역서들과 2차 해설서 등을 열심히
찾았다. 우리 모두 베를린이 처음이었다. 모든 것이 신기해
보였다. 바야흐로 출발의 시간이었다.

　내 인생에서 친구들이 매우 중요한 의미를 갖고 있음
에도 나는 우정에 대한 칭송에 유보적 입장이다. 몇 년 전
부터 제대로 된 근거도 제시하지 않고 우정에 대한 찬사

가 쏟아지고 있다. 빌헬름 슈미트의 《우리가 정말 친구일까》부터 마르고트 캐스만의 《우리의 인생을 지탱해주는 우정》, 하이케 팔러의 《우정》, 돌리 앨더튼의 《사랑에 대해 내가 아는 모든 것》, 아미나투 소우와 앤 프리드먼의 《위대한 우정》에 이르는 관련 서적들의 긴 목록을 보면 이 주제를 다루어야 할 집단적 필요성이라도 있는 것처럼 보인다. 리디아 덴워스의 《우정의 과학》이나 니컬러스 A. 크리스타키스의 《블루프린트》 같은 통속 과학적 서적들 역시 마찬가지다. 우정에 관한 고전적 안내서인 데일 카네기의 《인간관계론》까지 놀랄 만큼 전폭적 사랑을 받고 있다. 이런 책들의 핵심 내용은 늘 똑같다. 대부분의 책은 철학사와 문학사의 상투적 문구인 '우정에 대한 찬사'의 변주들로서, 우정이 좋은 삶과 행복, 정신 건강에 얼마나 중요한지를 설파한다. 그리고 거의 매번 우정이 빚어낸 유난히 감동적인 장면들을 묘사한다. 우정에 대한 찬사는 이상한 당의정을 입힌 경우가 많다. 찬사가 주로 우정의 이상적 모습 변주에 국한되기 때문이다. 그래서 거의 상투어가 되다시피 한 찬사들은 대부분 보펜셴이 언급한 바와 같이 '완전히 시대에 뒤처진 덕목들의 카탈로그'나 마찬가지다. 그 카탈로그에는 '충성심, 성실함, 신의'가 들어 있다. "하지만 거기에는 비밀 엄수, 존중, 거리두기, 독립성, 박자, 취향도 들어 있다.(우정의 카탈로그는 확장이 가능하다.)"[31] 이때 일반적으로 우정에 치유의 기능을 가진 데우스 엑스 마키나*의 역할이 부여된다. 데우스 엑스 마키나는 삶에서 벌어지는 온갖 문제들을 해결해 주고, 인생과 사랑의 동아줄이 전부 끊어지고 혼자 남은 사람들이 쉽고 빠르게 얻을 수 있는 위문품 같은 역할을 수행한다.

왜 하필 이 시점에 우리는 우정에 대한 찬사라는 상투적 논제를 다시 떠올리는 것일까? 우리 사회의 핵심 이슈인 불평등이 갈수록 더 심각해지는 시대, 긴급구호 경험과 불안정한 삶의 모델들과 미래에 대한 불안감이 특징인 시대, 예전에 비해 사람들 간의 유대가 훨씬 더 깨어지기 쉬운 이 시대에! 혹시 이 새로운 찬가를 로렌 벌랜트가 말했던 잔인한 낙관주의의 한 특징으로 이해할 수는 없을까? 어느 정도 마법적인 사고의 한 형태로 말이다. 우정은 우리 주변의 세상이 무너질 때 우리가 매달리는 지푸라기가 아닐까?

앞에서 언급한 책들은 대부분 우정의 여러 형태를 철학적으로 이상화시킨 긴 문화사를 써 내려가는데, 그 기원은 고대 그리스까지 거슬러 올라간다. 플라톤과 아리스토

---

* '기계 장치(무대)에 내려온 신'이라는 뜻의 라틴어. 극에서 갈등을 해결하기 위해 인위적인 기법으로 결말을 맺는 법을 뜻한다. [옮긴이주]

텔레스, 에피쿠로스는 물론이고 키케로, 세네카, 플루타르코스에 이르기까지 고대 철학자들 거의 대부분이 우정에 대한 가르침을 남겼다. 그들에게 있어 우정은 철학의 본래 탐구 과제라 할 수 있는 참된 행복과 행복한 삶의 구성요소였다.[32] 고대 그리스어로 우정을 뜻하는 '필리아Philia'가 '필로소피Philosophie' 즉 철학이라는 단어에 포함된 것은 결코 우연이 아니었다.[33] 질 들뢰즈와 펠릭스 가타리가 설명한 바와 같이, 우정의 개념은 일단 사상의 대화를 가능하게 한다. 우정은 철학적 경쟁의 토대로서, 경쟁자와 경합을 벌일 수 있는 가능성을 제공해 주었다.[34]

기원전 사세기에 나온 아리스토텔레스의 《니코마코스 윤리학》 제8권과 제9권은 특히 이런 관점에서 오늘날까지도 우리 문화에 영향을 미치는 인류의 유산이라는 것을 깨닫게 된다. 아리스토텔레스는 우정을 최고의 재능이자 인생의 지고선至高善으로만 설명한 게 아니라 우정의 전반적 어려움과 어두운 측면들까지 함께 설명했다.[35] 철학자 알렉산더 네하마스의 말처럼 아리스토텔레스는 《니코마코스 윤리학》을 통해 철학적 전통의 토대를 마련했다. 누군가의 안녕이 자신의 안녕만큼 중요하고, 이런 선의가 상호 간에 작용할 때 우정이라고 말할 수 있다는 생각은 아리스토텔레스한테서 그 기원을 찾을 수 있다.[36] 자신에 대한 친애적 태도 또는 자기애를 다른 사람과 우정을 맺기 위한 기본 전제로 삼는 것 역시 아리스토텔레스한테서 유래했다.[37] 그런 태도를 현대 심리치료에서는 자의식, 자아존중, 자긍심 등의 용어로 표현하고 있다.

우정에 대한 아리스토텔레스 사상의 핵심 중 하나는 정체성에서 드러나는 동질성이라는 개념이다. 나는 이것을 대학 시절 첫 강의를 함께 들은 몇몇 친구들과의 만남에서 경험했다.《니코마코스 윤리학》이후로 늘 우정은 생각이 같은 사람들, 즉 세상을 동일한 방식으로 인식하고, 살아오면서 비슷한 경험을 쌓고, 정치적으로도 동일한 입장을 대변하고, 심리적, 정서적 가치관과 전기적 배경이 비슷한 사람 간의 관계로 정의되었다. 아리스토텔레스에 따르면, 진정한 우정은 '동질성과 일치'를 통해 생겨난다. 즉 우정은 다른 사람에게서 우리 자신의 모습을 재발견하고, 거꾸로 '친구'에게서 '분리된 제2의 자신'을 발견할 때 가능하다.[38]

십육세기 말 미셸 드 몽테뉴가 아주 열정적으로 이상적 우정의 개념에 새로운 시대를 열었다. 그의 에세이《우정에 관하여》는 현재까지도 가장 널리 읽히고 가장 자주 인용되는 책들 가운데 하나이다. 몽테뉴는 사랑하는 친구 에티엔 드 라 보에티가 죽음을 맞이하자 그에 걸맞은 적절한 형식의 추도문을 썼다. 그 과정에서 우정을 중세 기독교적으로 변형된 개념으로부터 분리했다. 신에 대한 사랑과 이웃에 대한 사랑으로 해석되던 우정 개념을 두 사람 간의 관계로 되돌린 것이다. 몽테뉴에게 아무 말 없이 머무를 수 있는 장소는 고해소告解所가 아니라 친밀한 우정이었다.[39]

어떤 면에서 몽테뉴는 아리스토텔레스의 우정 사상에 나오는 동질성 측면을 더 극단화시켰다. 그는 '친구'를 '제2의 자아Alter Ego', 즉 자신의 모습이 그대로 구현된 인물로 규정했다. 아리스토텔레스가 암시한 바 있는 합일 판타지가 몽테뉴에게 완벽한 영향을 미친 것이다. 몽테뉴는 "하지만 지금 내가 이야기하고 있는 우정은 영혼들이 서로 어울려 녹아버리기 때문에 심지어 두 영혼을 결합한 솔기마저 눈에 보이지 않게 된다"[40]고 했다. 그는 우정의 황홀함을 지나칠 정도로 과한 사랑의 언어로 표현했다. "우리의 영혼은 쌍두마차를 이끄는 말처럼 완전히 일치되었다. 그리고 가장 내밀한 이야기를 털어놓을 정도의 타오르는 사랑으로 서로의 마음을 사로잡았다"라고 몽테뉴는 보에티에 대해 썼다. "나는 나 자신을 아는 만큼 그를 잘 알 뿐만 아니라 심지어 나 자신보다 그에게 나를 더 의탁한다."[41]

철학자 자크 데리다의 비유를 빌려 말하자면, 아리스토텔레스와 몽테뉴는 우정에 있어서 두 번의 강력한 역사적 지진이다.[42] 이 두 번의 지진이 우정에 대한 사고와 실천에 있어서 오늘날까지 우리가 활동하고 있는 지형을 형성했다. 두 사람이 글로 표현한 이념이 실제 현실에서 가능한지 아닌지는 상관없다. 우리가 현실에서 경험한 우정이 그들이 말한 우정에 비해 결함투성이로 보일지 아닐지도 상관없다.

데리다는 엄청난 영향력을 지닌 자신의 책《우정의 정치학》에서 두 사람이 강조한 동질성 개념, 즉 '다른 자아'로서의 우정이라는 개념이 철학적 관점에서 얼마나 문제가 되는지 규명했다. 데리다는 우정에 대한 대부분의 고전적 담론이 다른 사람, 즉 동일한 성향을 가진―그리고 동성의 ―두 사람 사이의 합일에만 초점을 맞췄다고 했다. '동질성' '동성애' '동등한 가문 출신, 태생부터 동일한 공동체에 의해 형성된 친화력'에만 초점을 맞추었다는 뜻이다.[43]

우정에 관한 이런 고전적 이해는 당연히 유복한 이성 간의, 또한 당연히 백인 남성들 간의 우정만 의미한다는 것은 역사적 각주 그 이상이다. 우정이 동질성을 목표로 한다는 철학적 사고는 단순한 표현일 뿐 아니라, 뤼스 이리가레, 엘렌 식수, 쥘리아 크리스테바 같은 철학자들과 심리분석가들이 탁월하게도 '남근 중심주의'라고 명명한 것의 기반이 된다. 남근 중심주의는 오로지 이성적, 남성적 관점에서만 이루어지는 세계 이해를 의미한다. 아리스토텔레스는 물론이고 몽테뉴의 경우에도 남성과 여성 간에, 혹은 여성과 여성 간에는 우정이 존재하지 않았다. 두 철학자 모두 지적 능력이 있는 상류층 남성들만이 우정을 맺을 수 있다고 믿었다. 이러한 믿음은 이십세기 철학까지 지속되었고,

오늘날에도 여전히 남자들의 우정 또는 여자들의 우정이라는 개념으로 표현되고 있다.

하지만 그들이 몰랐던 게 있다. 아리스토텔레스보다 이백오십 년이나 앞서서 시인 사포가 레스보스섬 미틸레네에서 사랑시뿐만 아니라 우정시도 썼다. 몽테뉴보다 사백 년 앞서서 힐데가르트 폰 빙엔의 편지들이 수도원 수녀들 사이에 싹튼 깊은 우정을 증명했다. 중세의 베긴회 수도원 소속 수녀들이나 르네상스 시대 상류층 여성 일부는 다른 여자들과 공개적으로 우정을 맺었다. 십육세기 말 베네치아 출생의 르네상스 작가 모데라타 폰테는 대화록에서 남성들보다 오히려 여성들이 우정을 더 잘 나눌 수 있으며 그 관계를 더 오래 지속할 수 있다고 했다.[44] 이 모든 게 남자든 여자든 친구에 대해 거의 숭배에 가까운 찬사를 보냄으로써 '우정의 세기'로 불렸던 십팔세기 이전에 일어난 일이다. 제인 오스틴이 자신의 소설에서 이성 간의 차별화된 우정들을 조명하기 전에 일어난 일이며,[45] 사랑 고백과 충성 서약은 비슷하지만 일반적으로 사랑에 포함되는 성적 관계에는 이르지 못한 여성들 간의 '낭만적 우정' 현상이 등장하기 전에 일어난 일이다. 이런 종류의 우정이 어떤 힘을 가질 수 있는지는 마담 드 스탈과 마담 레카미에 사이에, 혹은 에밀리 디킨슨과 오빠의 아내 수잔 길버트 사이에서 오간 편지들만 봐도 알 수 있다.[46]

서양 정신사Geistesgeschichte는 상류층 이성애자 백인 남성들 간의 우정이 아닌 것은 전부 무시하고 폄하하고 조롱했다. 모든 증거에 반하는 폭력적 주장이 아닐 수 없다. 그건 아마도 이런 우정이 가부장적 지배 구조에 위협이 될 거라는 인식에서 비롯되었을 것이다. 또한 동질성에 근거하지 않고 삶의 다양성을 찬미하는 우정관이 어떤 폭발력을 가졌는지 본능적으로 알아차렸기 때문이다.

내가 수강했던 모든 강의 가운데 나르시시즘과 도플갱어 문화를 다룬 기초 과정 강의가 여러 가지 면에서 내게 가장 큰 영향을 미쳤다. 그 강의를 통해 나는 처음으로 문학과 철학의 긴 자기반성의 역사, 자신과 세계에 관한 시각의 한계를 깨뜨리지 못한 채 걷게 되는 모든 잘못된 길의 역사, 다른 사람들한테서 단지 본인이 이미 알고 있는 것만을 찾으려 할 때 생기는 꽉 막힌 음속장벽의 역사에 입문하였다. 비록 라캉의 불어 원서 읽기는 지금까지도 성공하지 못했지만 당시 다루었던 수많은 텍스트를 끊임없이 다시 읽었다. 그 텍스트들이 대학 시절은 물론이고 그 이후까지도 나의 사고를 지배하다시피 했기 때문에 나 자신의 심리를 분석해 보고 싶은 생각이 들었을 때 나는 라캉식 분석을 해보기로 결정했다.

라이프치히대학에서 심리학 입문 과정을 공부하는 학

생들 사이에서 우정에 관한 어느 연구 논문을 읽었을 때에
도 그 기초 과정이 떠올랐다. 연구자들은 사람들이 일반적
으로 서로 성격이 비슷해서 친구가 되는 게 아니라 단지 같
은 그룹에 편입된 것을 계기로 친구가 된다고 확언했다. 대
학생들이 강의실에서 같은 줄에 앉아 있을 때 친구가 될 가
능성이 상당히 크다. 하지만 바로 옆에 앉아 있을 때 가장
빨리 친구가 될 수 있다. 우정을 맺을 때 근처에 있었다는
우연이 모든 다른 요인을 압도한다.[47]

위트레흐트대학에서 진행된 비슷한 연구에서도 친구
를 선택할 때 '제2의 자아'라는 개념이 실제로 어떤 역할을
수행하기는 하지만 생각했던 것과는 판이하다는 사실을 밝
혀냈다. 학생들은 우정을 맺기 위해 서로 닮을 필요가 전혀
없었다. 오히려 그들은 전혀 닮은 점이 없는데도 자신들이
비슷하다고 느끼고 있었다. 나르시시스트의 재인식과 비춰
보기 욕망에 굴복한 것이다. 그들은 자신과 생각이 같은 사
람을 만났다고 생각하고 그 사람한테서 자기 자신의 모습
을 인식하고 재발견한 것이다.[48]

친구들 간의 일치 신화는 오늘날 자연과학 분야에서
도 자주 연구하고 있다. 그와 관련된 어느 출판물에 의하
면, 한 쌍의 친구는 신경학적 측면에서 비슷한 방식으로 세
상을 인식할 뿐 아니라 세상에 대한 해석도 비슷하다고 한
다. 또한 이런 유사성은 그들이 공유한 인생 경험이나 오

랜 대화의 결과가 아니라 각자에게 처음부터 존재한 것이
라고 했다. 심지어 앞에서 인용한 연구에서는 두 친구 사이
유전적 유사함이 존재한다고 단정했다. 물론 저자 스스로
향후 보다 상세한 후속 연구들이 나와야 하고, 발견된 유사
함이 몹시 적다는 사실을 인정했다. 그럼에도 불구하고 우
정이라는 주제를 다룬 현재의 논문들, 팟캐스트들, 저서들
그 어디에서도 이 연구에 대한 언급을 찾아볼 수 없다.[49] 우
리가 왜 다른 사람과 친구가 될까,라는 복잡한 질문에 일견
간단해 보이는 답변을 하는 것은 몹시 유혹적이다. 이런 연
구들, 특히 이런 연구들의 기초가 되는 질문들은 우정에 대
한 우리의 이해가 자기반사라는 개념에 얼마나 강하게 각
인되어 있는지를 여실히 보여준다.

　　그 시절 문예학 기초 과정에서 내가 사귄 친구들과의
관계를 돌이켜 보면, 정체성이 일치한다는 느낌은 막상 우
리의 우정이 얼마나 오래갈지, 또는 우리의 우정이 내게 얼
마나 중요한지를 알려주는 좋은 척도가 되는 경우가 아주
드물다는 것을 확실히 깨닫는다. 친구한테서 도플갱어를
발견하려고 애쓰는 것은 장기적 관점에서 결코 현명한 전
략이 아니다. 오히려 정반대라 할 수 있다. 대부분의 우정
은 상대방한테서 자신의 모습을 재발견하는 나르시시스트
같은 도취에서 벗어나 시대의 변화, 삶의 단계와 장소, 태

도, 개인적 상황의 변화를 거치면서 살아남는다. 내가 여전히 친구로 지내는 사람들은 그런 것에 성공한 사람들이다.

　최근에 알렉산더 네하마스를 비롯한 여러 철학자가 계속해서 우정을 하나의 '유기체'로 이해하자는 제안을 했다. 서로 의지하는 장기들이 상호작용하며 살아 있는 어떤 존재로 말이다. 그야말로 아름다운 그림이 아닐 수 없다. 우정이 번성할 수도 있고 죽을 수도 있는 존재라니. 우정을 유지하기 위해서는 함께 이야기를 나눠야 하고, 경험을 공유해야 하고, 정서적으로 서로 교류해야 한다. 그리고 '제2의 자아'라는 개념에 결별을 고해야 한다. 결별이 제대로 이루어지지 않으면 우리는 친구를 '우정의 대상'으로 여기게 되고, 그것은 결국 우정의 기본 전제들을 무너뜨린다. 진정한 개인적 관심, '그 특별한 형태의 공유'인 함께하기, 철학자 클라우스 디터 아이힐러가 명명한 '우리라는 의식'[50] 말이다. 친구를 자신의 일부이자 확장으로 이해하고, 자신과 닮았을지도 모른다는 이유로 친구를 사랑하려는 유혹에 빠지기 쉽다. 하지만 동질성 평가와 그에 수반되는 자아도취는 결국은 무의식적 폭력의 한 형태이다. 그 과정에서 상대방에 대해 그릇된 판단을 내리기 때문이다. 그로 인해 곁에 있는 사람이 실제로 어떤 사람인지 알 수 있는 기회를 놓친다.

하지만 만약 우정이 같은 생각을 가진 사람들의 관계가 아니라면, 그런 우정은 과연 어떤 모습일 수 있을까? 철학자 한나 아렌트는 이 문제에 관해 깊이 천착했을뿐더러 그런 우정의 모범 사례들을 많이 제시했다. 그녀는 살면서 겪은 다양한 경험을 통해 관계 형태가 갖는 힘과 중요성을 깨달았다.[51] 그녀가 뉴욕으로 망명한 이후 편지와 전화로 활발하게 소통한 친구들이나 정기적으로 그녀를 방문했던 친구들 중 상당수는 병참이나 국가 재정을 지원하거나 정치적 입장이나 세계관 측면에서 그녀와 의견이 일치하지 않았다. 그럼에도 그녀는 그 친구들과의—마르틴 하이데거, 메리 매카시, 우베 욘존, 알프레드 케이진, 카를 야스퍼스 같은 유명 지식인들이 여기에 포함된다[52]—신의를 지켰다. 한나 아렌트는 〈레싱에 대한 생각, 가장 어두운 시기의 인간성에 대하여〉라는 연설에서 고트홀트 에프라임 레싱을 인용하며 우정에 대한 자신의 견해를 밝혔다. 레싱은 《현자 나탄》에서 그 유명한 반지 우화를 빌려 세계의 3대 종교를 제시했고, 어느 종교도 진리의 독점권을 요구할 수 없다고 했다. 아렌트는 나탄의 지혜와 인류애, 그리고 세계에 대한 개방성은 그가 무엇보다 우정을 진리보다 우위에 두었기 때문이라고 말한다. 아렌트가 본 레싱은, 설령 진리가 실제로 존재한다 하더라도 그것이 '인류, 우정, 사람들 사이의 대화 가능성'에 관심을 두지 않는다면 진리를 희생시킬 거라고 했다. 레싱은 유일한 진리가 존재하지 않는다는 통찰에서 더 나아가 진리가 존재하지 않는다는 사실에 기뻐했다. 그래야만 "사람들의 대화가 끊기지 않고 계속될 수 있기"[53] 때문이다.

이런 의미에서 아렌트가 체험한 우정 철학의 핵심적 요체는 타인과의 차이에 대한 인정이었다. 아렌트의 경우 사람들과의 일치가 아니라 오히려 불일치가 실제 우정으로 이어진다고 보았다. 나와 다른 사람 사이에 경험과 생각들로 진정한 교환이 이루어지고, 솔직함과 상대방에 대한 신뢰가 확고한 진짜 우정. 하지만 동시에 그것은 이질감과 닫힌 마음을 경험하게 만들 수도 있다.[54]

이로써 아렌트는 후기구조주의 철학자들의 논쟁에 선도적으로 참여한 셈이다. 에마뉘엘 레비나스, 자크 데리다, 알랭 바디우 같은 후기구조주의 철학자들은 각자 나름의 방식으로 타자를 제대로 판단하려 했다. 레비나스는 타자의 무한성을 토대로, 즉 타자는 결코 자신을 온전히 인식하거나 파악할 수 없다는 사실을 토대로 철학적인 사상 체계 전부를 구축하였으며, 그에 입각해 타자의 세계에 대한 사유를 시도했다. 반면 데리다는 보다 부드러운 태도를 유지했다. 그에게 우정은 말 그대로 상대방에게 자신의 의지가 미치는 범위 밖에 있는 장소를 허락하는 것이기도 하다. 나는 종종 데리다의 우정에 관한 책에 있는 다음 문장을 떠

올린다. "나는 너를 떠날 거야. 나는 그렇게 하고 싶어." 이
문장은 "모든 사랑의 언명言明들 가운데 가장 아름다우면서
가장 불가피한 언명이다."[55]

　　앞에서 언급했듯이 홍수처럼 쏟아져나오는, 우정의 행
복에 관한 수많은 책을 보고 내가 거북함을 느끼는 이유가
이것으로 설명될 수 있지 않을까? 나는 우정에 관한 이 새
롭고 열렬한 찬사들이 사실상 거의 실현하기 힘든 문화적
상상의 산물이라는 인상을 받았다. 왜냐하면 그건 현실에
서는 일순간 반짝였다가 사라지는 현상이기 때문이다. 게
다가 그 책들은 우정에 대한 과대평가의 산물들이다. 우리
는 한편으로 우정이 그것을 맹세하는 순간 사라져 버리는
습성이 있다는 것을 잘 알고 있다. 그런데도 우리는 우정을
맹세한다. 삶을 불안하게 보고 있기 때문이다. 소망하는 세
계를 위해 현실의 불빛을 꺼버리는 것이다. 완벽한 이해와
자아 확립의 소망, 그리고 갈등이 생기곤 하는 정상인 관계
에 대한 소망 말이다.

　　그런 생각들은 우리의 삶을 조금 더 쉽게 만들어 주고,
우리가 고수해야 할 어떤 가치를 우리에게 제시하는 것처
럼 보인다. 하지만 그런 생각들은 기본적으로 '하나의' 의
견 내지 '하나의' 진실을 원하는 전체주의적 소망을 반영하
고 있다. 여기서 하나의 진실은 당연히 자기 자신의 진실

이다. 한나 아렌트가 우정의 본질적 요소로 생각했던 '진정한 우정의 대화'는 그들이 소망하는 것들에 의해서 성사될 수 없다. 우정은 우리가 서로를 늘 새롭고 솔직하게 대하고 서로의 다른 측면들을 알게 될 때 비로소 생겨난다. 질비아 보펜션이 말했듯이, 우정은 "개개의 대화를 통해 새롭게 '형성되고' 새롭게 어우러지고… 새롭게 발견된다." 그것이 바로 우정의 불안정한 아름다움과 강력한 유대감의 원천이다.

우정의 행복은 이상적 상황에서 느끼는 게 아니다. 다른 사람들한테 주목받고 싶은 욕망이 충족되었을 때, 또는 우정을 우리의 감정과 해결되지 않은 갈등의 영사막으로 이용할 때 느끼는 것도 아니다. 오로지 자신과 닮았다는 이유로 친구를 잘 안다고 믿을 때 느끼는 것도 아니다. 우정의 행복은 관심을 주었을 때 돌아오는 일종의 부산물이다. 또한 그것은 한계를 뛰어넘는 경험으로써, 자신의 시야를 넓히는 데 성공했을 때 얻을 수 있다. 그리고 자신이 자주 겪는 문제와 공포들의 감옥에서 벗어난 후 비로소 얻을 수 있다. 또한 우리가 상대와의 차이를 인식할 때, 즉 상대의 정서적 상태나 세상에 대한 다른 시각에 마음을 열 때 얻을 수 있다. 우정의 행복은 우리가 누군가 다른 사람을 행복하게 만들었을 때 얻을 수 있다.

서로가 다름을 인정할 때 비로소 그 관계가 발전할 수

있다. 그래야만 자신이 성장하게 되며, 제약이 따를 수밖에 없는 판타지의 강박들로부터 삶이 자유로워질 수 있다. 그리고 이때 내면의 자아도취적 음속장벽을 뚫고 나와 내 삶의 현실 전체를 인지할 수 있도록 친구들이 도와준다. 친구가 없이는 계속 발전해 진짜 사람이 되는 것이 불가능하다.

　　지금까지 살아오면서 내가 만난 친구들을 돌이켜 보면, 친구의 숫자만큼이나 다들 개성이 제각각이다. 아름다운 사람도 있고, 제약이 많은 사람도 있고, 사랑스러운 사람도 있고, 냉정한 사람도 있다. 흥분을 잘하는 사람도 있고, 재미없는 사람도 있다. 눈이 번쩍 뜨이게 만드는 사람도 있고 짜증 나는 사람도 있다. 하지만 그중 어느 누구도 동일함의 이상에 부합하지 않고 누구와도 늘 화기애애하지는 않다. 우정이라는 단어의 의미론이나 시대에 뒤처진 우정의 이상은 현실 속 실제 우정에서는 그리 중요하지 않다. 간단히 말해, 우정에는 그 어떤 규칙도 없고, 함축적이든 명시적이든 어떤 규약도 없으며, 계약 같은 것도 존재하지 않는다. 우정 문제에 관해서는 제재권을 가진 법도 없고 외부의 강제도 있을 수 없다. 단지 나와 상대방, 그리고 우리 사이에 생겨나는 우정이 있을 뿐이다. 실재하는 것들만 그럴 수 있는 것처럼 우정은 완벽하게, 그리고 완벽하지 않게 우리의 삶에 얽혀 있다.

몇 주 동안 집에서 혼자 끙끙 앓으면서 계속 독서와 글쓰기로 소일하는 동안 나는 거의 살아 있는 게 아닌 것 같았다. 하시반 내 인생에 소중한 사람들과의 대화는 중단되지 않았다. 거리감과 친밀함을 동시에 느끼게 해준 그들과의 대화로 세상에 대한 그들의 시각을 엿볼 수 있었다. 나는 친밀함을 요구할 수 있었고 내 삶에 관심을 가진 사람들이 많다는 것을 깨달았다. 놀랍게도 나는 외로움을 느끼지 않았다. 근본직으로 나는 결코 혼자가 아니었다.

그 정도로 외롭지는 않다

대부분의 사람은 어느 순간 삶이 우리가 상상했던 것과 다르다는 사실을 깨닫게 된다. 확실했던 것들이 무너지고 어두운 예감들이 실현되는 순간이다. 뚜렷한 삶의 단면을 경험하고 있다는 날카로운 인식은 불신의 물결을 전신에 퍼뜨린다. 독일에서 팬데믹이 첫 번째 절정기에 이르렀을 때 나는 정확히 그런 느낌에 사로잡혔다.

　　돌이켜 보면 그 상황이 왜 그토록 오랫동안 비현실적으로 느껴졌는지 알 수 없다. 어쩌면 내 마음속에서 방어기제가 작동해 그 사건을 제대로 파악하는 것을 막았을지 모르겠다. 그러다 교수로 있는 친구 제니와 저녁 식사를 할 때 비로소 내 생각이 바뀌었다. 우리는 대학 시절부터 친구인데, 박사 과정에 다닐 때 같은 연구실을 사용했고 저녁에는 서로의 집을 오가며 어울렸다. 우리는 만나기 전에 서로에게 질병의 증상이 없는지 확인했다. 그리고 처음에는 다른 일들에 관해 대화를 나누었다. 그러나 식사 후 어둑어둑한 모아비트의 거리를 산책할 때 제니가 베를린자선병원에서 요양보호사로 일하고 있는 자신의 동성 배우자와 여동생에게 들었다는 강력한 경고 메시지를 전해주었다. 독일도 중국처럼 상황이 크게 악화될 수 있는데, 이 나라에서는 이런 대규모 전염병에 대비하는 사람이 아무도 없다는 것. 누구나 느닷없이 격리될 수 있다는 사실을 염두에 두고 있어야 한다는 것. 집에 이 주 동안 격리될 경우를 대비해 비상식량을 충분히 준비해 놓아야 한다는 이야기였다.

그다음 날 제니는 문자메시지를 통해 내게 다시 한 번 비상식량을 구입해 놓으라고 했다. 그녀의 충고에 따라 모퉁이를 돌아 집 근처 슈퍼마켓에 갔을 때 나는 곳곳이 텅 비어 있는 매대를 보고 말문이 막혔다. 밀가루와 설탕은 품절되었고, 파스타와 렌틸콩, 효모, 화장실 휴지와 키친타월도 조금밖에 남아 있지 않았다. 처음에는 그저 일시적 현상에 불과하겠지,라고 생각해 전혀 걱정하지 않았다. 나는 일주일에 한 번씩 빵을 굽는데, 아직 집에 효모 빵을 구울 수 있는 밀가루가 남아 있었다. 또한 주방 찬장에는 르푸이 완두콩 한 봉지와 좋은 파스타 한 팩, 양질의 이탈리아산 토마토 통조림이 들어 있었다. 하지만 텅 빈 매대를 계속 보고 있으니 자꾸 의구심이 밀려왔다. 새로운 영화가 시작된 것이다. 내 삶의 현실을 세계 종말이라는 다른 이야기가 장악한 것 같은 기분이 들었다. 사회적 삶의 균형이 순식간에 와르르 무너진 것이다. 아직은 비교적 상황이 괜찮은데도 불구하고 벌써 사람들의 연대가 깨어지고 코앞에서 내 일 년 치 밀가루를 채 가는데, 진짜 재앙이 닥쳤을 때는 무슨 일이 벌어질까? 하필이면 거기, 바로 그 슈퍼마켓에서 나는 이제부터 오로지 나 자신만 의지하며 살아야 한다는 것을 자각했다. 누군가에게 뒤통수를 세게 얻어맞은 기분이었다.

비록 혼자 사는 삶에 외로움이 빠질 수 없다 해도 그런 삶이 반드시 외로운 것은 아니다. 나는 혼자 있는 삶이 두렵지 않다. 종종 외로움에 시달리기는 하지만 나는 기본적으로 외로움을 결핍이 아니라 즐길 거리로 생각한다. 게다가 나는 집에 있는 것을 좋아하고, 내 집은 정확히 내 미적 취향에 맞춰져 있다. 나는 계절에 따라 변하는 일상적 리듬을 따라가는 것을 좋아하고 그런 내 취향에 대해 어느 누구한테도 변명할 필요가 없는 것도 좋다. 물론 나는 내 삶에서 무언가를 다른 사람들과 함께 나눈다. 하지만 혼자 있는 것도 좋다고 생각한다.

어쩌면 이건 내 어린 시절 경험에서 비롯된 것일지도 모르겠다. 나는 늘 시끌벅적하게 무슨 일인가 벌어지고 있는 대가족 속에서 자랐다. 그건 나름대로 좋았다. 하지만 나의 가장 큰 즐거움은 주변을 완전히 잊고 책을 읽거나 반려견과 함께 사색하며 몇 시간씩 숲속이나 호숫가를 산책하는 것이었다. 점차 나이가 들면서 나는 그 시간들을 글쓰기로 채우기 시작했다. 혼자 있는 것이 나를 세상으로부터 약간 멀어지게 만들었지만 동시에 세상과 새로운 연결고리를 만들어 준 셈이다.

그러나 막 성인이 되었을 무렵 나는 그 능력을 완전히 상실했다. 혼자 오래 있을 때마다 엄청난 불안감이 엄습했다. 그 불안감을 달래기 위해 나는 밖으로 나가 누군가를 만나고 술을 마시고 파티를 하고 사람들과 시시덕거리며 시간을 보냈다. 수년을 그렇게 살았다. 아마 술을 끊지 않았더라면 몇 년을 또 그렇게 보내다 결국 수렁에 빠지고 말았을 것이다. 그제야 나는 혼자 있는 것의 가치를 재평가하게 됐다. 요즘에는 기본적으로 혼자만의 시간이 너무 적다는 느낌을 갖고 있다. 그래서 하고 싶은 많은 일에 시간을 너무 적게 할애하고 있다. 읽고 싶은 책, 관람하고 싶은 공연, 가보고 싶은 음악회와 오페라, 보고 싶은 영화나 드라마 등에 쓰는 시간이 너무 적다. 연습해 보고 싶은 요리법과 산책, 쓰고 싶은 책에 투자하는 시간이 너무 적다.

물론 혼자 사는 내 삶의 균형을 완전히 무너뜨린 건 팬데믹이었다. 팬데믹이 진행될수록 최악의 우울증 단계에서

조차 경험해 보지 못한 외로움을 느끼기 시작했다. 예전에 는 그 정도로 외롭지 않았다.

외로움은 우리 각자에게 약간씩 다른 의미를 가진다. 거의 외로움을 못 느끼는 사람도 있고 정기적으로 외로움 에 빠지는 사람도 있다. 우리는 각자 외로움을 다르게 느끼 고 외로움에 대한 대응 방식 역시 각자 다르다. 두세 번 정 도 저녁 시간을 혼자 보내면 벌써 외로움을 느끼는 사람도 많지만 최소한의 사회적 교류만으로 충분한 사람도 있다. 하지만 상당히 오랫동안 외롭게 지낼 경우 상처가 없을 수 는 없다. 오래 지속되는 절박한 외로움은 대부분의 사람들 에게 정서적 허기와 심각한 정신적 고통을 유발한다. 그리 고 그것은 의미와 자긍심의 명백한 상실로 이어질 뿐 아니 라 수치심과 죄책감, 절망 등의 감정을 수반한다. 외로움은 타인한테서만 거리를 두는 게 아니라 자기 자신한테서도 거리를 두게 만든다. 다른 사람과 접촉할 때만 존재하는 자 신의 일면 말이다. 때때로 이건 심리적 장애처럼 느껴진다. 하지만 외로움은 질병이 아니라 감정이다. 물론 복잡한 감 정이기는 하지만 어쨌든 하나의 감정이다. 그게 중요한 차 이점이다.[56]
노르웨이 철학자 라르스 스벤젠이 그의 책《외로움의 철학》에서 설명한 바와 같이, 오늘날 이 주제에 관한 연구

및 '외로움이라는 감염병'에 통용되는 주문呪文은 근본적인 오해에서 비롯되었다. 서구 사회에서 혼자 사는 사람들의 숫자가 증가하자 자동적으로 점점 더 많은 사람이 외로움을 느낄 거라는 결론을 도출한 것이다. 하지만 스벤젠의 말처럼, "혼자 사는 것과 외로움을 느끼는 것은 논리적인 측면은 물론이고 경험적인 측면에서도 독립적인 별개의 현상들이다."[57] 물론 혼자 사는 삶과 외로움이라는 현상 사이에는 실제로 통계적 유의성이 존재한다. 하지만 전반적으로 그 정도와 의미가 과장되었다. 이미 오십 년대부터 사회학자들과 언론인들은 주기적으로 '새로운 외로움'을 주창했다. 또한 혼자 사는 사람들의 숫자가 증가하고 있다는 것말고는 다른 통계적 증거들이 별로 없음에도 불구하고[58] 우리 전통 사회가 지녔던 결속력의 쇠퇴를 개탄했다. 다시 말하지만, 연인 관계가 결여되었다고 해서 외로운 사람으로 진단할 수는 없다. 우리 삶에서 이루어지는 다른 많은 사회적 연결들 역시 친밀함에 대한 우리의 욕구를 달랠 수 있다.

지금 나는 사회적 고립이 많은 사람에게 아무런 문제가 안 된다고 주장하려는 것이 아니다. 사회적 고립이 심각한 신체적, 정신적 질환으로 이어질 수 있다는 것은 거의 논란의 여지가 없다.[59] 1983년부터 수백 명의 하버드 졸업생과 그들의 자녀들의 정신적, 신체적 건강을 추적해 오고 있는 사회학 분야 장기연구 프로젝트 〈하버드 그랜트 연구〉는 사람들 간의 내밀한 관계가 좋은 삶의 주요 지표 가운데 하나라는 사실에 아무런 의문도 제기하지 않았다. 사회적 삶을 충실히 사는 사람들보다 그런 관계를 맺지 못한 사람들이 더 자주 아플 뿐 아니라 대체로 더 일찍 죽는다.[60] 지금 나는 외로움에 대한 언급이 중요하지 않다고 말하려는 것도 아니다. 오히려 그 반대다. 그걸 언급함으로써 외로움이라는 용어와 연결된 수치심을 없앨 수 있고 그로 인한 고통도 완화될 수 있다. 그리고 외로움을 느끼는 사람들에게 당신은 절대 혼자가 아니라는 사실을 알려줄 수 있다.

하지만 '외로움이라는 감염병'이 종종 언급되는 이면에는 좋았던 옛 시절과 아직도 남아 있는 결혼이나 가정 같은 전통 사회 모델에 대한 애잔한 향수가 숨어 있다. 우리 사회의 현실을 제대로 판단하지 못한 하나의 정치적 의제가 이런 논쟁들이 벌어지게 된 배경이다. 줄기차게 우리 사회가 쇠퇴하고 있다는 주장을 펼치는 예언자들 가운데 어느 누구도 외로움에 대한 투쟁을 인종차별과 여성 혐오증, 유대인 배척주의, 그리고 호모와 트랜스젠더와 이슬람 혐오에 대한 투쟁과 함께 시작하자고 제안하지 않는다. 어느 누구도 가난한 사람들에 대한 사회적 낙인찍기와 날마다 대규모로 사회적 고립을 유발하는 구조적 배제 현상들에 함께 맞서자고 제안하지 않는다. 과장된 몸짓으로 경고하는 사람들이 내놓은 해답이라고 해봤자 거의 대부분 '핵가족'이라는 마법의 주문을 소환하는 것이다.

잠재적으로 우리 마음속에서 향수를 불러일으킬 만한 것에 호소하는 방법은 매우 쉽다. 외로움을 사회 변화에 따른 병적 결과로 설명하려는 욕구는 일종의 거부 반응일 가능성이 매우 크다. 거부 반응은 우리 마음대로 조종할 수 없는 감정으로서, 사실상 우리는 그 반응과 아무 상관이 없다. 저술가 올리비아 랭이 자신의 책《외로운 도시》에서 거부 반응이 어떤 포괄적 사회적 금기 사항들에 점령되었는지 설명했다. 그 책에서 랭은 외로움이 우리가 살아가야 할 삶의 흐름을 거스르는 것이기 때문에 그것을 인정하는 것조차 힘들다고 했다.[61] 우리는 모두 이 금기 사항들에 대한 직관적 감각을 갖고 있다. 외로움을 느끼는 사람들에게 씌워진 집단 이미지에는 그들이 외로운 운명에 처할만하다는 생각이 함께 작용하고 있다. 그들이 매력도 없고 소심하고 괴벽스럽고 자기중심적인 사람들이고, 자기연민에 빠질 가능성도 크고 품위와는 거리가 멀고 걸핏하면 한탄을 늘어놓기 일쑤라는 것이다.[62] 세상에 그런 걸 좋아할 사람이 어디 있겠나.

이런 금기 사항들은 우리의 사회적 삶에 영향을 미칠 뿐만 아니라 독일어와 영어에서 '고독Einsamkeit'과 '독신Alleinsein'이라는 단어를 구별하는 것에서 알 수 있듯이 우리의 언어 생활에도 영향을 미친다. 대체로 '독신'은 고독의 근사하고 품위 있는 변이로서, 정신적 고통이 별로 없는 일종의 사회적 고립으로 간주된다. 많은 사람이 고독에 대해 말할 때면 반사적으로 이런 구별을 환기시킨다. 때때로 이런 반사적 태도에는 수치심이 숨어 있다. 수치심이 고독을 밖으로 드러내지 못하도록 막는 것이다. 그들은 '나는 독신이야, 하지만 고독하지 않아'라고 말하는 것 같다. 나는 너에게 내가 고독하다는 사실을 밝히지 않을 거야. 나는 상처받지 않아. 나의 독신생활은 슬프지 않아. 독신이라서 괴로울 건 없어. 너의 예민한 성격에 나를 노출시키고 싶지 않아. 너의 그런 성격이 나의 예민함을 떠올리게 하거든. 그러니 제발 이렇게 말해. 너는 독신이지만 외롭지는 않다고.

심리학자 프리다 프롬 라이히만은 주로 외로움의 세력권 및 외로움이 다른 사람들한테 미치는 자극적 영향에 관해 연구했다. 올리비아 랭도 영향을 받은 바 있는, 1959년에 나온 그녀의 탁월한 논문 〈외로움〉은 이 주제에 관한 초창기 지적, 정신적 연구들 가운데 하나이다. 프롬 라이히만은 이 논문에서 외로움은 때때로 사람을 불안하게 만드는 경험이라고 하면서, 설사 외롭다는 게 어떤 느낌인지 잘 안다 해도 우리는 외로운 상대에게 공감해 줄 능력이 없다는 점을 분명히 했다. 이 괴로운 경험에 대한 기억을 아주 성공적으로 분리함으로써 우리한테는 그 기억이 더 이상 존

재하지 않기 때문이다.[63]

심리학자 로베르트 바이스도 자신의 환자들한테서 똑같은 것을 목격했다. 그의 책《외로움에 관해서》에서 바이스는 많은 사람이 제 삶에서 외로움이 하는 역할을 과소평가한다고 말했다. 그것도 아주 엄청나게. 바이스에 의하면, 이때 작동되는 기억 삭제 메커니즘이 항상 성공하는 것은 아닐지라도 대체로 자신이 경험한 강력한 외로움의 기억을 더 이상 떠올리시 않도록 만든다. 따라서 우리는 그 경험이 다른 사람들에게 얼마나 고통스러운지 상상할 수 없다.

프롬 라이히만에 의하면, 이런 회피 전략은 정신치료 과정에서도 멈추지 않는다. 외로움은 상대방 곁에 있을 때 소위 '전염의 공포'라는 특별한 두려움을 불러일으킨다. 심리치료사들도 여기서 벗어날 수 없다. 그것 때문에 결과적으로 많은 사람이 아주 미약한 외로움에 시달릴 때조차 자신의 외로움을 이야기할 기회를 거의 얻지 못한다. 외로움이 사람들과 충분히 대화할 수 없는 공포스러운 비밀이 되는 것이다.[64]

간간이 외로움도 느끼며 혼자 살던 내 삶이 해가 갈수록 영구적 외로움이 가득한 삶으로 변했다는 느낌을 받았다. 혹시 올해 일어난 여러 변화가 혼자 사는 대부분의 사람에게 외로움을 유발한 건가, 자문했다. 미래에 대한 불안

감 확산, 끊임없이 발생하는 집단 패닉, 이제 우리의 일상
이 되다시피 한 질병과 사망 소식들, 사회적 거리두기와 봉
쇄 조처 같은 것 말이다.

　나는 내가 할 수 있는 일들을 했다. 정보를 찾고, 새로
운 질병에 대한 모든 자료를 읽었다. 관련된 팟캐스트도 듣
고 권장된 모든 예방 조처들도 충실히 따랐다. 그리고 일에
몰두했다. 한편으로는 그렇게 해야 속이 편했기 때문이고,
다른 한편으로는 그럴 수밖에 없었기 때문이다. 팬데믹으
로 인해 참석이 예정돼 있던 행사들과 강의들, 단상토론 등
이 취소되었다. 그중 몇 개는 꽤 기대를 갖고 기다렸던 행
사들이다. 예를 들어 지난 몇 년 동안 내가 몹시 존경하는
여성 작가들 사이에 논쟁이 벌어진 바 있는 어느 심리학 학
회의 폐막 강연이나 휴가철에 환상적인 날씨가 약속돼 있
던 남프랑스의 어느 문학 페스티벌 같은 행사들. 예정됐던
행사들의 취소는 재정적 손실도 초래했다. 나는 원래 쓰고
자 했던 모든 글을 미루고 소논문이나 평론, 번역 같은 일
거리를 찾았다. 그중 몇 개는 이런 상황이 아니었다면 결코
받아들일 수 없는 보수를 받고 일했다. 일할 기회가 주어졌
다는 사실에 감사할 따름이었다. 나는 이전보다 일을 더 많
이 해야 했다. 내가 애초 글쓰기를 직업으로 선택했을 때의
이유였던 그런 방식의 글쓰기는 불가능했다. 그 모든 게 내
게는 무의미하게 느껴졌고, 어떤 말로도 그 상실감을 적절

하게 표현할 길이 없다.

　일을 하지 않을 때 나는 충격적인 뉴스들을 검색했다. 특히 예선에 살아본 적이 있거나 한때 체류했던 국가의 뉴스들을 찾아봤다. 무능한 정치로 인해 많은 국가의 사람들이 목숨을 잃었다. 독일에서는 위기 정책이 과거보다 이성적으로 작동하는 듯했다. 뉴욕과 런던에 있는 친구들이 걱정됐지만 간간이 주고받는 이메일과 통화는 아무런 힘이 없었다. 한때 내게 몹시 중요했던 뉴욕과 런던의 삶이 돌이킬 수 없는 전환기를 통과하고 있다는 느낌을 받았다.

　팬데믹으로 인한 도시의 문화생활 중단은 나의 사회적 삶도 동결시켰고 내 일상에 심각한 균열을 초래했다. 부모님과 여동생이 더 자주 전화했다. 오랫동안 못 만난 친구들은 전화해 간단히 안부를 묻고는 자신들이 현재 이 상황을 어떻게 이겨내고 있는지 이야기했다. 몇몇 사람들과는 페이스타임Face Time이나 줌Zoom을 통해 계속 대화했다. 하지만 며칠, 때로는 몇 주 동안 아무도 못 볼 때가 많았다. 나는 법적 의무를 지키느라, 또는 조심하느라 산책도 하지 않았다. 십 년째 나가던 자조모임 사람들과의 만남조차 중단되었고 그들 중 상당수는 인터넷으로 접속했다. 만남이 전혀 없는 것보다는 나았지만 이 모든 손실이 내게는 극적으로 느껴졌고, 감각상실로 이어졌다.

　하지만 그중에서도 제일 힘든 것은 아마 가장 친한 친

구들에게서 멀어진 일일 것이다. 다들 자신의 문제와 씨름하느라 다른 사람한테 연락을 취할 마음의 여유가 없었다. 질비아와 하이코는 직업 때문에 날마다 수많은 잠재적 환자에게 연락을 취하느라 곡예 하듯 하루하루를 보내면서 그 와중에 응급환자가 없는 틈을 타 릴리트의 홈스쿨링 계획을 짰다. 나는 오랫동안 그들을 전혀 못 만났다. 정원 돌보는 일도 그들끼리 했다. 마리와 올라프도 존의 홈스쿨링과 그들의 직장생활과 힘든 일상생활을 조화롭게 꾸려가느라 고군분투 중이었다. 나는 종종 두 사람과 함께 털이 북슬북슬하고 몹시 귀여운 그들의 강아지를 데리고 산책했지만, 우리의 대화는 점점 줄어들었다. 새로운 시대의 사건들이 사람들의 둥지 본능을 일깨운 게 확실했다. 남녀불문 짝이 있는 친구들은 예외 없이 가정적 삶에 집중하는 경향이 심해졌다. 팬데믹이 오기 전에는 당연히 함께했던 일들과 시간들이 놀랄 만큼 빠른 속도로 뒷전으로 밀려났다. 오죽하면 문득문득 예전에 정말 그런 적이 있었나, 하는 의구심이 들 정도였다. 팬데믹 사건은 대다수 사람의 세상을 더 작아지게 만들었다. 특히 혼자 사는 사람들한테 세상의 이런 축소는 밀접한 관계의 광범위한 소실을 의미했다.

그럼에도 불구하고 내가 친구들과 나눈 대화의 소재는 대부분 그들의 배우자나 가족과의 관계에서 생긴 문제들이었다. 혼자 사는 내 삶의 문제들이 상대적으로 해결이 더 쉬워 보이면서 그들의 문제가 자연스럽게 더 큰 의미를 갖게 된 것이다. 그럴 때마다 내가 가진 공감의 총량이 지속적으로 줄어들기 시작했다. 내세 아주 중요한 사람들이었던 그들이 지금 얼마나 많은 어려움을 겪고 있고, 팬데믹으로 인해 도처에서 뚜렷하게 감지할 수 있는 불안에 그들이 얼마나 많이 노출되어 있는지에 대한 그들의 넋두리를 참고 들어주는 게 갈수록 힘들었다. 일종의 강박적 전위 행동을 통해 애써 모든 것에서 긍정적인 면을 찾고 있다는 이야기나, 달리 선택의 여지가 없어 쥐꼬리만 한 월급을 받으며 위험하기 짝이 없는 요양보호사 일을 계속하기 위해 하루에도 몇 번씩 발코니에 나가 심호흡을 한다는 하소연도 마찬가지였다.

물론 친밀감과 이해가 두드러진 대화와 비대면 만남들도 있었다. 하지만 나는 시간이 흐를수록 그들의 이야기를 경청하며 고개를 끄덕이는 심리치료사의 역할을 수행하는 것에 압박감을 느꼈다. 나는 사람들 이야기를 귀담아듣는 편이다. 특히 가까운 사람들은 관용과 인내심을 갖고 대해야 한다고 믿는다. 하지만 힘든 상황에 놓였을 때 우리는 본능적으로 자기 자신에 집중하고 타인의 삶에 관한 관심이 줄어들게 된다. 우리 모두 그렇게 한다. 늘 반복해서. 나 또한 그 사실을 잘 알고 있다. 정상적 상황에서는 때가 되면 저절로 균형이 이뤄진다. 모든 사람이 동시에 상황이 나

빠지는 경우는 지극히 드물다. 하지만 모두가 두려움에 떨고 모두가 동시에 예상하지 못했던 시대적 요구에 시달리게 되면 더 이상 그럴 수가 없다. 그 많은 대화를 할 때 나는 마음속으로 무너졌다.

날이 갈수록 내 마음은 더 닫혔고, 그럴수록 나는 일에 더 몰두했다. 갈수록 외로움이 더 커졌다. 프리다 프롬 라이히만이 관찰했던 것처럼, 나는 실제로 사람들과 제대로 소통할 수 없었다. 애를 쓰면 쓸수록 종종 상대방의 무의식적인 거부 반응이 느껴졌다. 몇몇 사람의 경우에는 그 문제를 거론하지 말았으면 하는 초조한 심정까지 엿보였다. 어떤 사람은 기본적으로 내 말을 이해하고자 하는 열의가 없거나 아예 이해조차 하지 못했다. 언제부터인가 두려움이 역동적으로 강화되기 시작했다. 외로움을 더 크게 느낄수록 나는 말수가 줄어들었고, 말수가 줄어들수록 외로움을 더 크게 느꼈다. 불안과 격리는 대화 단절로 이어졌고 사람들을 침묵하게 만들었다. 이 세상에 사람들 눈에 띄지 않는 외로움, 사람들에게 인지되지 않는 외로움보다 더 큰 외로움은 없다. 그리고 그로 인한 침묵보다 더 큰 감각상실은 없다.

고독의 단계를 되돌아보는 대부분의 사람은 그때 자기가 '제정신'이 아니었다는 느낌을 받는다. 로베르트 바이스가 밝힌 바와 같이, 우리는 대부분 외로운 자아를 원래 자아의 일탈로 여긴다. 일탈된 자아는 우리가 상상하는 것보다 훨씬 너 신상하고 훨씬 더 불안하고 훨씬 더 집중력이 떨어진다.[65] 고독의 단계는 문제를 배양하는 인큐베이터가 될 수 있다. 평소 잠재되어 있던 성향들이 명확하게 드러나기도 하고, 끊임없이 반복되는 심리적 딜레마들이 새롭게 분출되기도 하는 것이다. 나도 그와 비슷한 경험을 했다. 니는 디 이상 '제정신'이 아니었고, 갈수록 외로운 사람의 일상적 모습이라고 생각하는 모습들을 닮아갔다. 나는 그런 상황을 초래한 것이 바로 나 자신이고, 모든 것이 그럴 만하다고 느꼈다.

얼마 뒤 나는 점점 더 집 밖으로 나가는 게 힘들어질 거라는 사실을 깨달았다. 어느 순간에는 장을 보러 나가거나 잠시 공원을 산책하러 나갈 때조차 긴 준비 시간이 필요했다. 이미 집에서 나와 길을 걷다가 문득 지갑을 놓고 나왔거나 천창을 안 닫고 나왔다는 것을 깨닫고 다시 집으로 돌아가야 할 때도 많았다. 그걸 무시하고 그냥 갔을 때는 꼭 사달이 났다. 한번은 장을 보고 돌아왔더니 집에 연기가 자옥하고 화재경보기가 삑삑 울리고 있었다. 작은 비알레띠 커피머신을 불이 켜진 인덕션 위에 올려놓고 그냥 나왔던 것이다. 언젠가부터 나는 집을 떠나는 것을 거의 기피하게 되었다.

어느 날은 외로움을 거의 느끼지 않고 지나갔다. 하지만 다른 날에는 외로움이 나를 압도했다. 그럴 때는 일상적인 생활 리듬을 놓치지 않기 위해 정신을 바짝 차려야 했다. 대부분의 사람이 어딘가에서 지금 자신을 새로이 발견하기 위해, 자신의 삶에 대해 숙고하기 위해, 더 탄탄한 몸을 만들기 위해, 혹은 새로운 언어를 배우기 위해 얼마나 많은 시간을 투자하고 있고, 또 어떻게 팬데믹을 활용하고 있는지에 관한 글들을 읽을 때면 질투심을 느꼈다. 심지어 나도 모르게 분노에 사로잡힐 때도 있었다. 그리고 어찌나 성격이 예민해지고 유약해졌던지, 모든 것에 신경이 곤두섰고 모든 것에 마음이 흔들렸다.

뇌 과학자 조반니 프라체토는 자신의 책《친밀한 타인들》에서 "외로움이 시야를 흐리게 한다"라고 말했다. 또한 외로움이 지속되면 그건 금세 "우리 자신과 다른 사람과 세상을 보는 기만적 필터"가 된다고 했다. 외로움이 우리를 거절에 더 취약하게 만들고, 사회적 상황에서 우리의 불안감을 더 고조시키며, 전혀 위험하지 않은 상황에서도 위험을 보게 만든다는 것이다.[66] 한참 뒤에서야 나는 내 시야가 흐려졌었다는 것을 깨달았다. 내가 뭔가를 몹시 필요로 했고, 이런 나의 절박함이 오히려 사람들을 내게서 멀어지게 만들었던 것이다. 나는 사람들에게 지나치게 민감하게 반응했다. 누군가 내게 좋은 소식을 전해주면 나는 하트와 키스 이모티콘을 잔뜩 넣어서 답장을 보내고 싶은 충동을 억제할 수 없었다. 누가 산책 약속을 깨거나 대화에 집중을 못 하면 혹시 저 사람이 나를 싫어하는 건가, 하는 불안감에 이상할 정도로 마음에 상처를 입었다. 가끔은 혹시 내가 가벼운 사회적 편집증에 걸린 게 아닐까, 하는 두려움도 느꼈다. 나의 일부는 그 모든 것을 사소한 일로 치부하고 넘어갔지만 다른 일부는 차라리 고립되는 쪽을 택해 사람들과의 교류를 피하면서 이 기이한 감정이 사라지기를, 그래서 다시 나 자신으로 돌아오기를 기다렸다.

심리분석가 멜라니 클라인은 죽기 전에 쓴 마지막 논문에서 외로움이라는 주제를 다루었다. 거기서 그녀는 외로움을 '갈망'으로 정의했다. 외로움은 '완벽한 내적 상태에 대한 갈망', 즉 '다른 사람을 완벽하게 이해하고 또 그 사람에 의해 완벽하게 이해받음으로써 얻게 되는 내적 평화 상태에 대한 갈망'이라는 것이다. 문제는 우리 가운데 어느 누구도 그런 상태에 도달할 수 없다는 것이다. 우리는 모두 인생이라는 여행을 하는 동안 정서적, 정신적으로 누군가 동행해주기를 갈망한다. 또 누군가 나를 봐주고 인정해주고 이해해주기를 갈망한다. 하지만 클라인에 따르면, 다른 사람들은 절대 우리가 원하는 만큼의 능력도 없고, 그럴 준비도 안 되어 있다. 그건 우리 자신도 마찬가지다. 그

게 바로 삶의 핵심적 조건이다.[67]

클라인은 그 원인으로 어린이가 처음으로 세상을 이해하게 될 때, 또는 언어를 배울 때 경험하게 되는 불안 상태를 지목했다. 그녀는 어린이가 말을 배울 때 아주 심각한 양가감정을 경험한다고 믿었다. 말을 배울 때 느끼는 행복과 안도의 순간들은 언어 습득 이전에 유아와 양육자 사이에 존재했던 상호이해를 결코 대신할 수 없다는 것이다. 그녀는 말이 필요 없는 소통에 대한 갈망은 그 갈망이 결코 충족될 수 없다는 사실에 대한 실망감과 더불어 성인이 된 이후까지 그대로 남아 있다고 했다.

기본적으로 클라인은 외로움을 느낄 때 종종 수반되는 참을 수 없는 감각상실 현상에 대해 심리분석적 측면에서 다음과 같이 설명했다. 우리는 모두 이 세상에 혼자 던져졌다. 일반적으로 우리의 정신은 이 불가피한 실존적 외로움을 통찰하지 못하도록 가로막는다. 우리는 대체로 자신이 정말로 이해받고 있고 자신 또한 다른 사람들을 제대로 이해하고 있다는 판타지 속에서 살고 있다. 클라인은 이런 판타지가 붕괴되면서, 즉 우리는 이 세상에서 혼자가 아니라는 허구가 무너지면서 외로움의 고통이 생겨났다고 했다. 또한 그 고통은 우리가 믿고 있던 판타지가 실은 허구에 다름 아니라는 사실을 인지하면서 생겨난 것이다.

101

누구나 언젠가는 외로움이라는 감정을 느끼게 된다. 그에게 친구가 몇 명이 있든 상관없다. 인생의 동반자가 있든 없든 상관없다. 우리의 삶이 커다란 변화에 직면했을 때, 질병에 걸렸을 때, 동반자와 관계가 끝났을 때, 사랑하는 사람이 죽었을 때. 늦어도 그럴 때 우리는 외로움을 느낀다. 어쩌면 팬데믹이 계속되는 동안에도, 즉 더 이상 정상적인 삶을 살 수 없는 시기에도 외로움을 느낀다. 다른 때 같았으면 자기기만 전략이 삶을 지속할 수 있도록 우리를 도와주었을 텐데 그런 게 더 이상 통하지 않기 때문이다. 하루가 다르게 늘어나는 환자와 사망자 숫자를 보면서, 날마다 현관문 앞에서 우리를 기다리고 있는 위험을 보면서 어떻게 그럴 수 있겠는가. 많은 사람이 정상 상태는 이미 끝났다고 말한다. 그리고 많은 사람이 이미 그 사실을 인정하고 있다. 정상의 종말이 의미하는 바는 아마도 침묵의 확산, 공동생활을 지탱해 주던 허구들의 몰락, 그리고 감각상실이 될 것이다. 감각상실은 처음에는 일회성으로 나타나겠지만 적어도 어느 시점이 되면 모든 것에 의문을 제기하면서 지속적으로 영향을 미칠 것이다.

모호한 손실들

나는 때로는 비교적 잘 대처했고, 때로는 잘 대처하지
못했다. 어쩌면 그건 내가 느낀 외로움과 관련이 있을 것
이다. 질병에 걸릴지도 모른다는 두려움, 내 소중한 사람들
의 건강에 대한 염려, 그리고 인간에 대한 경멸감으로 예방
수칙을 철저히 무시하고 팬데믹을 가속화시키는 사람들에
대한 분노 때문이었다. 아무튼 예외적 상황이 너무 오래 지
속되고 있었다. 나는 끝없는 임시방편 조처들에 지쳐 비틀
거리고, 숨을 죽인 채 하루하루를 겨우 버티며 살아가고 있
었다.

팬데믹 시기의 내 삶에 가장 어울리는 이름을 붙인다
면 아마 '시간의 기이한 중첩현상'이 되겠다. 일 년 동안 내
삶을 구성하고 있던 모든 것들이—여행, 친구, 가족, 대자
와 대녀의 생일파티, 여름철 베를린 근교 호숫가 나들이,

가을에 시작되는 문화생활 등―취소되었다. 오늘 일어난 일이 내일 또 일어날 수 있었다. 몇 주 전에 일어난 일, 지난달에 일어난 일도 마찬가지였다. 마치 시간 자체에 주름이 생긴 것 같았다.

독신생활이 몇 달 정도 지났을 때 나는 하루에 두세 시간 정도 산책하는 게 습관이 됐다. 우리 집 근처에 있는 큰 하젠하이데공원을 가로지른 다음 템펠호프 들판을 누비기도 했다. 거기까지 거리가 얼마나 먼지는 전혀 고려하지 않았다. 해야 할 일이 얼마나 남아 있는지도 신경 안 썼다. 긴 산책은 일과를 마무리하는 의식이었다. 일을 할 수 없을 때는 하루를 시작하는 의식이기도 했다. 산책은 내게 사람들을 만날 수 있는 가능성을 제공해 주었다. 그리고 더 이상 현실로 느껴지지 않는 세상에서 가장 확실한 현실이었다. 그런데 예전의 산책들과는 규칙성과 거리에서 차이가 있었다. 나는 하루에 적어도 십 킬로미터를 걷기로 마음먹었다. 그건 나 자신과의 약속이자 내 정신 건강을 위한 의도적 구호 조처였다.

계절이 계속 바뀌는 동안 나는 오늘이 정확히 무슨 요일인지, 몇 주차인지, 몇 월 며칠인지 알지 못했다. 그리고 언제부턴가 주변에서 일어나는 자연의 변화를 인지하지 못했다. 마치 내 삶이 스펀지에 처박힌 기분이었다. 짙은 안개에 갇혀버려서 정해진 순간에만 그걸 뚫고 나와 주변에

106

서 무슨 일이 일어나고 있는지 자유롭게 볼 수 있는 상황 같았다. 그러다 어느 날 문득 여름이 어떻게 모든 것을 말려버리지, 풀이 어떻게 노랗게 변하지, 또 자작나무들이 어떻게 죽어버리지, 하는 생각이 머리를 스쳤다. 얼마 뒤에는 레인코트에 떨어지는 빗방울들이 이전보다 더 차갑게 느껴진다는 것을 깨달았다. 가을이 다가오고 있었다. 그리고 어느 날에는 산책하다가 나뭇잎들이 대부분 단풍이 들었고, 나무 꼭대기에는 이미 나뭇잎이 다 떨어져 버렸다는 사실을 벼락 치듯 깨달았다.

민족지학자 빅터 터너는 시간이 중첩되는 이런 경험을 리미널리티liminality 현상이라는 용어로 설명했다. '폭넓은 문지방' 상태라는 뜻으로, 원래 이 용어는 동료인 아르놀드 방주네프의 통과의례 이론을 기초로 만들어졌다. 방주네프는 예를 들어 서구 사회의 세례식이나 견진성사, 결혼식, 장례식 같은 집단적 의례의 도움을 받아, 우리가 이전의 정체성을 버리고 인생의 새로운 단계로 넘어가 사회적으로 다른 역할을 수용하는 과정을 관찰했다. 그리고 그는 삶의 여러 단계 가운데 한 단계의 끝과 새로운 단계의 시작 사이에서 이루어지는 통과의례에 수반되는 문지방 상태가 무엇인지를 규명하였다. 터너는 그 틈새 시간을 '시간의 안과 밖이 하나가 되는 순간' '불특정'과 '모호함'의 시간이라고

정의하면서, 그때 우리가 익히 알고 있는 세계의 분류 체계에서 빠져나간다고 했다.[68]

펜데믹이 비로 그기 말한 장기간 지속되는 문지방 상태로 느껴졌다. 이전의 규칙들과 표준들 대다수가 더 이상 통용되지 않는 것 같은 정규 시간 이외의 시간 말이다. 여러 가지 면에서 이 틈새 시간은 오래 지속되기 어렵다. 그 이유는 특히 그 시간 뒤에 무엇이 올지 모르기 때문이다. 틈새 시간은 오래전 축출했던 유령들이 되돌아오게 만들 수도 있고, 붙잡힌 기분이 들게 할 수도 있다. 갇혀 있어 더 이상 앞으로 나갈 수 없을 것 같은 인상을 줄 수도 있다. 하지만 그 시간에는 기회도 제공된다. 멀찍이 떨어져 자신의 삶과 세상을 새로운 관점에서 관찰할 수 있는 기회. 오랫동안 고민하고 싶지 않았던 일들이나 생각할 수 없었던 일들을 깊이 성찰할 수 있는 기회 말이다. 내 경우에는 혼자 사는 삶에 대한 성찰이었다.

대부분 커플이나 가족으로 구성된 이 세상에서 때때로 독신자인 나를 힘들게 하는 것은 친구들의 삶에서 내 위치가 얼마나 불안정한지, 우정이라는 관계가 얼마나 동요에 취약한지를 깨달았을 때다. 펜데믹이 확산되고 그로 인해 사람들의 둥지 본능이 강화되는 동안 나는 그 사실을 더 명확히 깨달았다. 나는 남녀불문하고 친구들이 나의 비관습적 확대 가족이 되어줄 거라는 믿음 속에서 살았다. 그런데 격리 상태가 지속되면서 이런 믿음이 사라져 버렸다. 몇 주, 몇 달의 시간이 제멋대로 중첩되어 흘러가는 동안 내 인간관계가 확연히 달라지더니 독자적 현실로 자리 잡은 것이다. 일시적인 줄 알았던 거리감이 장기간 지속될 거라는 생각으로 바뀌었다. 다만 이론적으로는 그게 언젠가는 끝날 거라는 사실을 알고 있었다. 결국 팬데믹의 문지방 시간이 도래했고, 도래의 여러 징후 가운데 하나인 아주 오래된 의문 하나가 다시 내 마음을 사로잡았다. 우정 중심의 삶이라는 모델이 혹시 인생의 어느 한 단계에서만 가능한 걸까, 하는 의문이다. 이를테면 청년기나 성인 초기 단계에서만 말이다. 이제 나는 너무 늙어서 그런 삶을 살아갈 수 없는 건가?

물론 성인 초기 단계에는 우정에 특별한 의미가 부여된다. 이 복잡한 세상에서 우정은 의지할 버팀목이 되어주고 나아갈 방향도 제시해 준다. 또한 이 단계에 우정은 삶의 특징이라 할 개방성도 만들어 낸다. 우정이 수십 년 전부터 대중문화에 의해 열렬한 환호를 받은 것은 다 이유가 있다. 우정이 그 이후의 삶에서도 우리한테 커다란 매력으로 다가오는 것 또한 이유가 없지 않다. 그때의 친구들은 오랫동안 내 삶에서 기쁨의 원천이었다. 내가 아는 이십 대와 삼십 대 대부분의 사람도 우정에서 삶의 기쁨을 찾는다.

미국 시트콤 〈프렌즈〉는 1994년부터 2004년 사이에 이런 현상을 처음으로 전 세계에 널리 알렸다. 이 작품은 지금까지 전 세계에서 가장 유명하고 가장 많은 사람이 시청했을 뿐만 아니라 이제 막 성인으로 발돋움하는 세대에서 늘 새로운 시청자가 유입되는 것처럼 보인다. 대부분 가상으로 설정된 뉴욕을 배경으로 여섯 명의 남녀를 둘러싸고 이야기가 전개되는데 청년에서 성인으로 넘어가는 단계의 삶이 보여줄 수 있는 새로운 모습들을 구현하는 데 성공했다. 순수한 우정은 그들의 일상만 좌우하는 게 아니라 일차적으로 우정이 진짜 연애로 넘어가지 않도록 막아주는 역할을 한다. 게다가 안정적으로 직업적 커리어를 쌓는 것도 소홀히 하지 않는다. 이 시리즈의 인기 비결은 우정이라는 틀 안에서 느끼는 소속감을 극으로 만들고 안전과 안정이라는 이념으로 덮어버리는 것이다. 그런데 그들은 사실 이 두 가지를 갖고 있지 않다. 이 소속감은 심지어 시청자들한테까지 전염되었다. 레이첼, 로스, 모니카, 조이, 피비, 챈들러는 일주일에 한 번씩 그들의 허구적 삶을 찾아보는 사람들의 친구이기도 하다.

　　미디어에서 보여주는 수많은 우정 가운데 유독 이 시리즈가 인기를 끄는 비결은 모든 게 허구임에도 불구하고 그 안에서 현실적인 뭔가가 언뜻언뜻 보이기 때문이다. 우정에 초점을 맞춘 다른 작품들, 예를 들어 〈샤인펠트〉나

〈섹스 앤 더 시티〉〈내 어머니의 모든 것〉〈빅뱅 이론〉 같은 TV 시리즈들 역시 나를 비롯해 많은 사람에게 비슷한 느낌을 주었다. 이들 시리즈가 시청자들의 엄청난 사랑을 받을 수 있었던 것은 단순히 성공한 삶의 판타지와 연결되었기 때문이 아니다. 스토리가 지닌 온갖 병폐나 통속성에도 불구하고 거기서 다루어지는 감정들을 실제 자신의 우정에서도 확인할 수 있었기 때문이다.

　하지만 이 모든 시리즈의 핵심 내용과 그들이 지향하는 바는 쉽게 간과할 수 없다. 이 시리즈들은 예외 없이 남녀 주인공들이 모두 짝을 찾고 가정을 꾸린 뒤 이전에 그들이 환호했던 우정은 뒤로 밀려나거나 더 이상 아무 역할도 수행하지 못하는 삶을 살아가는 것으로 끝난다. 시리즈가 진행되는 동안 높이 평가받았던 우정의 코드와 규칙들은 시리즈가 끝날 때쯤 되면 더 이상 중요하지 않다. 남녀 주인공들이 이미 전통적 연인 관계라는 더 안전한 항구에 도착했기 때문이다. 온갖 진지한 충성 맹세에도 불구하고 그들의 우정은 한 가지 점에서 일치한다. 우정은 성공적 짝짓기를 위한 준비 과정이자 연애의 실패를 견딜 수 있게 만드는 일종의 완충 장치라는 것이다. 이는 언젠가는 필요 없어지는 일종의 심리적 보험일 뿐이다.

　나는 살아가면서 비슷한 상황에 처하는 사람들이 많을 거라고 믿는다. 확대된 청년기에 속한 사람들을 대상으로

한 모든 실험에서 그들은 결국 사회의 '성인' 구성원이 될 준비를 한다. 짝을 찾고 한 가정을 이루는 것 말이다. 극단적으로 말해 그럴 경우 우정은 단지 과도기에 한성된 관계로서, 문지방 상태의 기능이 부여된다. 그리고 그것은 누군가와 함께 사는 전통적 방식에 성공적으로 안착하게 되면 결국 끝나게 된다.

우정은 상대방이 누군가를 사랑해 파트니 관계를 맺게 되면 관계가 변한다. 나는 이미 여러 번 그런 경험을 했다. 밤 열한 시에도 전화해 도움을 요청하던 친구가, 내밀한 속사정까지 일일이 공유하던 친구가 연락이 뜸해지더니 나중에는 거의 주고받을 말이 없는 사이로 변한다. 이런 우정은 대체로 언젠가는 완전히 끝이 난다.

대부분은 일찍이 새로 생긴 파트너나 가족의 삶에 친구들을 통합하려는 시도가 일어난다. 그 시도가 제대로 성공할지, 또 어떤 식으로 진행될지는 전적으로 나와 우정을 맺고 있는 친구의 새 파트너에 달려 있다. 어떤 파트너는 대화가 잘 통하고, 어떤 파트너는 이전의 삶에서 맺은 관계들을 위험 요소로 생각하거나 질투하는 경우가 있다. 가끔은 나 자신이 질투에 사로잡혀 친구의 새 파트너에게 반감을 품을 때도 있고, 친구에게 새 파트너가 잘 안 어울린다는 인상을 받기도 한다.

이런 상황은 특히 혼자 남겨졌을 때 힘들다. 언젠가는 제 삶에서 늘 중요한 역할을 할 거라고 믿었던 친구한테서 두 번째, 세 번째 줄로 밀려나는 것을 받아들여야 한다. 우선순위가 뒤로 밀리는 것을 기분 나빠할 필요는 없다. 입장을 바꿔 내가 그 상황이라도 비슷하게 했을 테니까. 세월이 흐름에 따라 변하는 게 모든 우정의 속성이니까.

그럼에도 불구하고 그건 힘들다. 쫓겨난 것 같은 기분이 들고 하나의 틈새와 맞닥뜨리는데, 처음에는 그것을 어떻게 메꿔야 할지 알지 못한다. 물론 한때 몹시 가까웠던 사람은 여전히 그 자리에 있는 동시에 그 자리에 없다. 여러 가지 면에서 그건 '모호한 손실'이라 할 수 있다. 심리학자 폴린 보스한테서 비롯된 이 개념은 자신이 정확히 무엇을 상실했는지 모르는 상태의 손실을 가리킨다. 가장 널리 알려지고 가장 연구도 활발한 대표적 사례로는 인격을 상실해가는 치매 환자들에 대한 슬픔이나, 죽었다는 사실을 받아들여야 하는 실종자에 대한 애도가 있다. 모호한 손실의 특징으로는 정보 부족, '이것도 맞고 저것도 맞다'는 존재와 부재의 역설, 애도 과정이 중단되거나 완전히 생략되는 양가감정 등을 들 수 있다. 양가감정 때문에 새로운 상황에 맞는 적절한 대처법을 찾거나 확고한 마음으로 새로운 삶을 향해 나아가는 것이 힘들어진다. 폴린 보스에 따르면 모호한 손실은 당사자에게 트라우마를 안겨준다.[69]

커플이라는 개념은 우리의 실제 현실뿐 아니라 상상의 세계까지도 지배한다. 우리는 누군가를 '독신자' '싱글' 혹은 '이혼남'이나 '이혼녀' 등으로 표현한다. 이런 어리석은 명칭이 나온 배경에는 짝이 있거나 가정을 이룬 경우만 정상으로 간주하는 구조가 자리하고 있다.[70] 그런 구조가 정말 우월한가에 대해 근본적 의구심이 제기될 수 있다. 영국의 미술가이자 수필가인 한나 블랙이 시악하면서도 깊은 통찰력을 보여주는 그녀의 에세이 《타인의 사랑》에서 그런 의구심을 제기했다. 거기서 블랙은 커플을 '친밀함에 대한 보편적 욕구를 충족하기 위한 가장 환원주의적이고 가장 배타적이고 가장 불쾌한 방식'[71]이라고 했다. 그녀는 여성들의 정서 노동 및 정신적 노동, 재정적 종속성, 가정 폭력 등을 거론하면서 이성애 커플의 삶을 '가부장적 공포영화'라고 했다. 그녀는 동성애자 커플들에게 커플의 삶이라는 것은 이성애를 규범으로 하는 권력과 지배와 정서적 빈곤의 구조들을 재생산하는 것이라는 점을 입증하였다. 그럼에도 불구하고 커플이라는 삶의 모델이 너무나 압도적이기 때문에, 우정이 중심인 삶의 모델을 비롯해 다른 형태의 삶의 모델들을 전부 밀어낸다고 했다.

심적으로 매우 힘들었던 그 우울한 날들에 나는 한나 블랙의 탁월한 논리를 옳다고 인정하지 않을 수 없었다. 그

때 여자 친구 한야와 나눴던 대화가 문득 머리에 떠올랐다. 그 대화 역시 비슷한 흐름으로 이어졌다. 당시 우리는 뉴욕 소호 거리의 어느 미술관에서 칠, 팔십 년대 남녀 퀴어 사진작가들의 전시회를 둘러보고 있었다. 우리 둘 다 존경하는 예술가인 피터 후자의 작품들도 거기 있었다. 몇 년 전부터 나는 동성애자 아웃사이더들을 담은 그의 흑백사진에 크게 감동을 하였다. 그 전날 나는 한때 동거했던 파크 슬롭의 아파트로 헤어진 전 남자친구를 찾아갔었다. 그는 여전히 그 집에 살고 있었는데, 그사이에 자기보다 몇 살 어린 남자와 결혼도 했고 대리모를 통해 아이도 하나 얻었다. 호감이 가는 모범적 동성애 가정을 이룬 것이다. 재능이 뛰어난 남녀 예술가들은 예외 없이 다들 행복하거나 낭만적인 삶을 살지 못했다. 후자도 마찬가지였다. 그들은 대부분 평생을 엄청난 고독과 씨름해야 했고 너무 일찍 세상을 떠났다.

나는 한야에게 우정이 현실적인 삶의 모델이 될 수 있다고 생각하느냐고 물었다. 커플로서 실패한 삶을 보상하거나 대체할 수 있는 모델로 말이다. 문득 질문하는 나 자신의 태도가 긍정적인 대답을 고대하고 있다는 사실을 깨달았다. 판타지에 사로잡혀 나의 소망이 충족되기를 바라고 있었던 것이다. 한야는 가만히 고개를 젓고 나서 독신자는 어차피 늘 혼자이고, 내 소중한 친구들을 포함해 커플로 사는 사람들은 내게 할애할 시간이 거의 없다고 했다. 나는 그녀에게 그럴 리가 없을 거라고 말했다. 만약 오늘이라면 한야에게 어떤 반응을 보일지 잘 모르겠다.

그런데 나는 대체 누구와 그렇게 내 삶을 공유하고 싶었던 걸까? 연인 관계는 안전한 항구처럼 느껴질 수 있다. 평범하고 아름다운 항구. 하지만 그것은 통제 불능에 빠질 수도 있고 한계를 벗어날 수도 있다. 물론 그 또한 나름대로 아름답다. 나는 그 두 가지를 모두 경험했고, 대체로 둘 다 지금 나의 삶보다 낫다고 느꼈다. 그렇지만 나는 언제부턴가 연인 관계에 대한 갈망을 멈췄다. 한편으로는 그게 너무 고통스러웠기 때문이고, 다른 한편으로는 세상과 그 안에서의 자신의 위치에 대한 합리적 시선이라 할 수 있는 현실주의로 위장된 절망감에 지속적으로 시달리고 있었기 때문이다. 그럼에도 불구하고 나의 갈망과 욕구가 되살아나는 날들이 있었다. 지난 몇 년 동안의 내 삶이 육체적으로 친밀한 관계가 전혀 없었던 것은 아니었다. 나는 불규칙한 간격으로 데이트도 하고 남자를 만나 커피를 마시거나 박물관도 찾았다. 때때로 나는 그들이 내 마음속의 허기를 눈치챈 것 같은 느낌을 받았다. 혹시라도 들킬세라 기를 쓰고 숨겼는데, 나의 허기를 알아차린 게 분명한 그들의 표정을 목격했을 때의 충격이란. 그럼에도 나는 때때로 그 남자

116

들과 잠자리를 가졌다. 하지만 잠자리가 반복되어도 결코 친밀감은 느껴지지 않았다. 그건 나 때문이었다. 나 스스로 나를 거부하는 느낌이었다.

팬데믹이 진행되는 동안에는 당연히 그런 만남들이 없었다. 나는 사실 그게 좋았다. 그런 만남들의 바탕에 깔린 내 내면의 믿음이 당시 유독 강하게 느껴졌기 때문에 그 믿음에 맞서 싸우는 것은 몹시 어려웠을 것이다. 그건 수년 동안 온갖 심리분석과 심리치료, 그리고 자조모임에서도 살아남은 믿음이었다. 세월이 흐르면서 변하고 세분되고 때로는 중단되기도 했지만 그 믿음은 단 한 번도 내 마음에서 완전히 사라진 적이 없었다. 그건 바로 나 자신은 결코 사랑받을 수 없을 거라는 믿음, 나는 사랑할 만한 가치가 없는 사람이라는 믿음이었다. 나와 내 육체는 욕망의 대상이자 성적 판타지의 대상으로 적합하지 않다는 믿음이었다. 나와 함께하는 삶은 너무 힘들 거라는 믿음이었다. 나는 정신적 문제가 아주 많은 사람이라서 그 문제들을 해결하지 않고는 정기적으로 타인에게 뭔가를 요구할 수 없다는 믿음이었다.

물론 나는 그 믿음이 상당히 비합리적이라는 것을 알고 있었기에 그 원인이 뭘까 곰곰이 생각해 봤다. 그리고 그 믿음이 문제가 될 때 그것을 처리하고 그것과 맞서 싸우고 그것과 더불어 살아가는 법을 배웠다. 하지만 그렇다고

해서 달라진 건 전혀 없었다. 번번이 그 믿음이 문제가 됐고, 내 자아의 바탕에는 늘 그 믿음이 깔려 있었다. 이 믿음과 늘 함께한다는 것은 내가 동경하는 것을 나 자신에게 허용하지 않는다는 뜻이었다. 마음속 깊은 곳에 자리하고 있는 나 자신에 관한 생각을, 그것도 진실이라고 느껴지는 생각을 대체 어떻게 바꾼단 말인가. 그때는 차라리 동경을 버리는 게 더 쉽다. 적어도 한동안은.

여러 가지 면에서 혼자 사는 사람의 인생 전체는 폴린 보스가 말한 '모호한 손실'이라는 말로 설명할 수 있다. 그들은 이제는 없는, 또는 아직은 없는 파트너 때문에 슬퍼한다. 그들은 확신과 슬픔, 강박 사이에서 끊임없이 흔들리면서 응급처치 차원에서 둘이 함께하는 삶이라는 이념으로부터 결별을 시도한다. 그들은 끊임없이 자신의 삶을 보류한다. 앞으로 어찌해야 좋을지 모르기 때문이고, 그렇다고 혼자 사는 삶을 고착시키는 발걸음을 내디디고 싶지도 않기 때문이다.

나이가 더 들수록 모호한 손실은 점점 커진다. 그리고 그것은 가장 극적인 순간에 그 모습을 드러낸다. 그럴 때면 대부분 이미 연습해 둔 방식으로 그것을 처리하고 성찰과 확신을 얻기 위해 애쓴다. 그리고 잘 작동하는 일상의 측면들과 기쁨을 얻을 수 있는 일들에 집중한다. 어느 날 하젠하이데공원으로 산책하러 나갔는데 태양은 이미 오래전에 빛을 잃었고 뉴스는 다시 온통 끔찍한 사건들로 도배되어 있다. 그때 갑자기 두 살 난 어린 딸과 축구놀이를 하고 있는 아빠가 보인다. 빠르게 공을 차는 법을 배운 딸은 엄청난 집중력을 발휘해 한쪽 다리로 공을 찬 다음 다른 다리로 공을 앞으로 몰고 간다. 다른 사람들이 눈치 못 채는 사이에 구경하던 한 사람의 눈에서 눈물이 흐른다. 실외에서, 그것도 공원 한가운데에서. 자신도 한때 그런 아빠가 되고 싶었고 또 언젠가는 그런 아빠가 될 거라고 믿었기 때문에.

혼자 사는 삶의 모호한 손실에서 제일 힘든 것은 연인 관계 결핍에 대한 슬픔이 아니다. 가장 힘든 점은 바로 자신의 삶에서 가능할 거라고 생각했던 모든 판타지와 당연하다 생각했던 많은 상상과의 결별이다. 그들은 도처에서 모범으로 제시되는 모델, 자기 스스로 내재화한 삶의 모델이 자신에게 부재함을 슬퍼한다. 그들은 가정을 이루고 아이를 낳고 아이들이 커가는 모습을 지켜보고 싶다는 생각, 그러다 언젠가 누군가와 함께하는 인생을 되돌아보면서 '자, 보라고. 모든 게 그리 나쁘지 않았어'라고 말할 수 있다는 생각에서 벗어나는 법을 배워야 한다.

그러나 동시에 조만간 둘이서 이끌어가는 다른 형태의 삶에 필요한 판타지들도 사라져 버린다. 로렌 벌랜트는 그녀의 훌륭한 저서 《욕망/사랑》에서 사랑하기 위해 실제로 판타지의 힘이 얼마나 필요한지를 연구했다. 그녀에게 사랑은 특히 꿈이다. 그 안에서 우리의 욕망이 보답을 받는 꿈. 우리의 성적 소망과 문화적 이념, 그리고 결혼 같은 사회적 제도가 가진 심리적 힘이 우리를 격려하는 꿈. 벌랜트에 따르면, 우리는 오로지 꿈의 차원에서만 사랑하는 사람에 대한 양가감정과 우리의 관계들이 지닌 근본적 불확실성을 견딜 수 있다. "심리분석 측면에서든 제도나 이데올로기 측면에서든 사랑은 항상 판타지의 결과라는 판결을 선고받았다."[72] 오직 우리의 상상력만이 우리에게 헌신의 마법을 선물한다.

나는 오랫동안 친밀과 사랑에 관한 판타지에서 부족함을 느낀 적이 없다. 부족하기는커녕 오히려 판타지 과잉 상태였다. 하지만 모호한 손실들과 포기해야 했던 인생 계획들이 하나둘 쌓이면서 내게 꼭 필요한 판타지들조차 제대로 유지할 수 있는 힘이 사라진 것 같았다. 그래서 나는 판타지들을 계속 품고 가느니 차라리 그것들과 결별하는 쪽을 선택했다. 그게 더 의미 있어 보였기 때문이다.

사회학자 지그문트 바우만은 그의 책《리퀴드 러브》에서 연인 관계야말로 현대인의 유동적 삶에서 양가감정을 가장 빈번하고 가장 강렬하게 체험할 수 있는 관계일 뿐 아니라 양가감정이 가장 불안하게 구현된 관계라고 했다. 연인 관계는 '달콤한 꿈과 악몽' 사이를 자꾸 왔다 갔다 하고, 바로 그것 때문에 치유 사회에서 관심의 중심이 되었다는 것이다.[73] 그런데 문제는 이것이 현재 연인 관계를 맺고 있는 사람들뿐만 아니라 연인 관계를 안 맺고 있거나 아예 맺을 수 없는 사람들한테도 빈번히 일어난다는 사실이다. '꿈과 악몽'을 동시에 겪는 일 말이다. 어쩌면 이런 분열이 후자의 경우에 더 뚜렷할지도 모른다.

나는 몇 년 전 런던에 몇 달간 체류했다. 당시 힘든 관계가 깨지는 바람에 우울증에 걸린 적이 있는데, 그때 한 친구가 나를 '섹스와 사랑 중독자 모임'이라는 익명의 자조모임에 데려갔다. 나는 톰이 왜 그 자조모임이 내게 도움이 될 거라고 믿었는지 이해할 수 없었다. 물론 섹스와 사랑이 중독성이 있다는 것은 나도 알고 있었다. 특히 파티를 전전하면서 술과 마약을 하던 시절에는 그랬을지도 모른다. 하지만 당시에는 그런 상태가 아니라고 확신했다. 그 시절과 비교하면 나는 이미 어른으로 성장했고 침착하고 이성적이었다. 그런데 막상 자조모임에 참석하고 보니 나 자신도 놀랄만한 어떤 깨달음을 얻었다. 비록 내 삶이 참석자 대부분의 삶과는 다른 궤적을 그렸음에도 믿을 수 없게도 그들과 내가 다를 바 없다는 생각을 하게 된 것이다.

자조모임에서 나눈 이야기들 가운데 내 마음에 가장 크게 와닿은 것은 바로 '성욕 감퇴와 감정 쇠퇴'[74]라는 주제였다. 나는 그게 무슨 뜻인지 바로 이해할 수 있었다. 다른 사람들도 마찬가지였다. 어떤 여자는 한 주에 세 번씩 섹스 클럽을 찾아기는 것을 부끄러워했고, 어떤 사람은 십 년 전부터 섹스도 사랑도 없이 살고 있는데 뒤늦게 헤어진 남자친구 때문에 슬프다고 했다. 그 모임에서 추천받은 책에서 확인한 바와 같이 성욕 감퇴와 감정 쇠퇴의 특징은 특히 무의식적으로 감정의 허기 상태를 유지하면서 일련의 회피 전략을 사용한다는 점이다. 누군가와 성적 행위가 가능하다 느껴져도 과거의 경험을 근거로 그 사람을 거부하는 것이다. 상처받기 쉬운 자신의 유약함을 견딜 수 없기 때문이다. 많은 경우에 그것은 탐닉과 체념, 성적 일탈, 금욕, 통제 불능과 완벽한 통제의 역동적 혼합으로 이어진다. 그로 인해 사람들은 상황을 제대로 파악할 수 없게 되고 자신에게 가장 필요한 것, 즉 진짜 친밀함을 얻지 못한다.

감정의 쇠퇴와 성욕 감퇴는 정신병리학적 진단은 아니다. 나는 그런 용어를 단지 자조모임 참석자들과의 만남과 몇몇 심리학 서적, 그리고 미국 심리학 학회지에 실린 몇몇 논문들에서 접했을 뿐이다. 그 후에 만난 심리치료사에게 내가 내린 자가진단을 이야기했는데 그는 할 수 있는 게 별로 없었다. 하지만 그건 내게 큰 도움이 되었다. 나는 거기서 나 자신에게 늘 수수께끼로 남아 있던 내 삶의 모습들에 대해 설득력 있는 해명을 발견했다.

나는 오랫동안 그 해명에 매달렸다. 친구를 만나면 늘 그 이야기를 꺼냈고, 그럴 때마다 옛 기억들이 소환되었다. 누군가 데이트 후에 내게 키스하려 했던 기억, 누군가 나를 희롱하려 했던 기억, 거리에 나가면 최대한 사람들 눈에 띄지 않으려 애쓰던 기억 등. 하지만 지금은 그게 여전히 내게 좋은 해명이 될 수 있는지 잘 모르겠다. 그게 진짜 내 감정들이었는지 아닌지도 잘 모르겠다. 한때는 크게 도움이 됐던 생각이 세월이 흘러 전에는 절대 있을 수 없는 일이라고 생각했던 뭔가가 되었는지도 알 수 없다. 이를테면 옛 노래의 변주곡 같은 '나는 사랑받을 수 없다'는 생각, 혹은 나는 너무 바빠서 다른 사람에게 구애할 수 없고 누군가와 진짜 친밀한 관계가 될 수도 없다는 사실에 대한 반증. 또는 내가 혼자 살기 때문에 정신병리학적 증상들이 계속 쌓인다거나 내가 사랑할 능력이 없다는 결정적 증거 같은 거.

런던에서 자조모임에 참석하면서 감정 쇠퇴 문제와 씨름했던 그 몇 달 동안 나는 다시 흡연을 시작했다. 그로부터 오 년이 지난 지금 팬데믹의 절정기에 나는 다시 담배를 끊었다. 아마 그건 바이러스와 바이러스로 인한 폐렴을 염두에 둔 나의 불안감과 연관이 있을 것이다. 하지만 날마다 하는 긴 산책도 어느 정도 영향을 미쳤을 것이다. 모든 게 통제가 불가능해 보이던 시기에 적어도 나는 어느 정도 통제력을 회복했다.

　팬데믹으로 인해 사회적 삶이 중단된 이 문지방 시기에 나는 삶의 의지처依支處를 잃었던 게 확실하다. 그건 특히 친구들과 늘 함께하던 일상적 의례들이 사라졌기 때문이다. 우리는 누구나 일상생활에서 함께하는 의례들에서 삶의 의지처를 구한다. 사회학자 야노쉬 쇼빈의 말처럼, 일상생활의 질서와 회복된 리듬은 앞으로도 지금 같은 상황이 쭉 계속될 거라는 허구, 미래가 지금보다 더 안전할 거라는 영원한 허구를 유지시킨다. 다른 말로 하면, 우리의 관계들이 일상화되면 신뢰와 안정감이 생기고, 그것이 필멸의 운명을 타고난 인간한테서 죽음에 대한 두려움을 추방해 버린다.[75]

　내 경우 불안감을 몇 달에 걸쳐 아주 힘겹게 진정시킬 수 있었다. 그런 다음에야 나는 대부분 무너졌던 일상을 새롭고 다르게 채우기 시작했다. 날마다 하는 산책 이외에도 저녁마다 일정한 시간에 앞에서 언급한 바 있는 우정을 소재로 한 TV 시리즈들을 보기 시작했다. 대부분 이미 예전에 본 적이 있는 작품들이었다. 그런데 익히 알고 있는 내용을 다시 보는 게 적지 않게 위로가 되었다. 어느 정도 마음을 진정시켜 주었고, 정확한 이유는 말할 수 없지만 일상에 대한 일종의 보상 같은 느낌을 주었다.

　그리고 나는 거의 매일 저녁 뜨개질을 하기 시작했다.

뜨개질은 TV 시청의 이상적 병행 활동으로, TV를 보는 동안 나는 손으로 무언가 의미 있는 일을 할 수 있었다. 나는 이미 몇 년 전부터 끊임없이 내 생업에 해가 되지 않는 소일거리들을 찾았다. 그래서 프랑스어와 미술 강좌를 수강했고, 어느 해 여름에는 과꽃과 달리아와 해바라기 그리는 법을 익히기 위해 매주 금요일 오후를 식물원에서 보냈다. 코바늘뜨개질도 배웠다. 또 어느 해 겨울에는 몹시 어려운 아일랜드식 꽃매듭무늬가 있는 커다랗고 알록달록한 식탁보를 만들며 시간을 보냈다. 그런 일을 할 때면 내심 하찮은 일을 하고 있다는 생각이 문득문득 머리를 스쳤지만 나는 이러한 활동들을 통해 긴장을 풀 수 있었다. 수년의 세월을 거치면서 그런 활동들은 내가 삶의 난기류를 통과하도록 도와주었고 한동안 내 마음을 안정시켜 주었다.

매일 저녁 하는 뜨개질은 무언가 심오한 명상과 비슷했다. 뜨개질은 나를 세상과 직접 연결시켜 주고, 내 삶의 현실과 나를 더 단단히 묶어주는 것 같았다. 나는 손목보호대와 양말을 몇 개 떠서 나도 쓰고 몇몇 여자 친구들한테도 선물했다. 솜씨가 좀 늘었을 때는 지인들과 지인의 아기들을 위해서 알록달록한 실로 장갑이나 모자, 풀오버, 니트 재킷 등을 떴다.

뜨개질은 놀랄 만큼 복잡할 뿐 아니라 처음 생각했던 것보다 많은 연습이 필요하다. 점차 실력이 늘어 바늘코가

125

더 균일해지고 뜨개질한 옷들이 더 예뻐지는 것을 보면 마음이 뿌듯해진다. 언젠가 때가 되면 탄탄한 단추 구멍, 딱 맞는 이깨, 탄탄하지만 너무 좁지 않은 끝단 만들기처럼 세부적인 기술도 배운다. 그럼에도 불구하고 번번이 현기증이 날 만큼 아득한 심연 앞에 서 있는 기분이 들 때도 있다. 처음으로 다섯 개의 가느다란 뜨개바늘을 손에 쥐고 뜨개질을 할 때면 논리와 기하의 기본 법칙들에 대한 의구심이 생긴다. 그나마 밧줄무늬와 다이아몬드무늬, 격자무늬, 구멍무늬는 쉽게 익힐 수 있지만 앞걸어뜨기, 뒤걸어뜨기, 여러 가지 색을 섞어서 뜨는 자카르기법과 상감기법 등 뜨개질의 세계는 끝이 없다.

그럼에도 불구하고 뜨개질은 뭔가 마음을 진정시키는 힘이 있다. 과거 세대로부터 이어진 집단지성의 산물이기 때문이다. 뜨개질에는 어머니 세대, 할머니 세대, 그보다 더 윗세대 조상들의 집단적인 희망과 사랑과 실망이 모두 들어 있다. 야크의 털로 따뜻한 옷을 만들던 몽고 유목민들, 양털을 가공하던 스코틀랜드 고원 지방 남자들, 프랑스 혁명이 벌어지는 동안 붉은 모자를 떴던 유명한 '트리코퇴즈 Tricoteuses'*를 보라. 그들처럼 우리는 실뭉치를 사람들이

---

* 프랑스어로 '뜨개질하는 여성들'이라는 뜻이며, 프랑스대혁명 당시 정치 클럽을 결성한 여성들을 말한다. [옮긴이주]

입을 수 있는 무언가로 바꾸고, 삶의 카오스에 새로운 질서를 부여한다. 그냥 옷만 만드는 게 아니라 거기에 의미까지 부여한다. 그리고 현실에서와는 달리 문제가 생겼을 경우 수선도 가능하다. 느슨해진 코를 팽팽하게 당기거나 아예 끊어버리기도 하고 양털을 다시 풀어서 그걸로 무언가 새로운 것을 만들 수 있다. 뜨개질은 팬데믹 시대 날씨가 추워질 때 할 수 있는 완벽한 소일거리다. 외로움을 받아들인 사람들이 무언가 아름다운 것을 만들어내는 것이다.[76]

빅터 터너는 팬데믹 시대에 우리가 체험한 문지방 상태를 '정상적인 사회적 행동 양식에서 후퇴하는 시간과 공간', 우리의 삶과 문화의 '핵심 가치와 공리'를 검토하고 숙고하는 단계로 규정했다.[77] 터너한테 문지방 상태는 항상 명상적 성찰 및 자신과 세상에 대한 숙고, 그리고 실존적 요소들과의 곡예와 연결되어 있다.[78] 그는 문지방 상태를 인간 경험의 보편적 범주의 하나로, 그리고 드라마와 비밀을 경험한 삶의 핵심 재료들 가운데 하나로 여겼다.

중첩되어 흘렀던 그 몇 달의 시간을 되돌아보면 막상 곡예 하듯 힘겹게 맞섰던 문제들보다 내가 생각했던 것과는 다른 요소들이 더 문제였다는 사실을 깨닫는다. 물론 내 일상을 결정한 것은 뉴스에 나오는 상황들이었다. 그리고 당연히 가까웠던 사람들이 그리웠다. 그들이 몹시도 그리웠다. 하지만 나는 새로운 방식으로 외로움과 더불어 살아가기 시작했다. 그리고 아주 오랫동안 결코 생각하고 싶지 않았던 모든 모호한 손실들과 맞서 싸우기 시작했다.

사람들은 어떻게 분명하지 않은 손실들을 슬퍼할 수 있을까? 어떻게 이름조차 제대로 붙일 수 없는 것과 결별할 수 있을까? 우리는 슬픔이 끝나기를 원한다. 언젠가는 제발 슬픔이 그치기를 원한다. 하지만 실제로는 슬퍼하면서 삶을 지속한다. 그리고 다시 슬퍼하고 새롭게 슬퍼하고 계속 슬퍼한다. 때로는 손실이 너무 모호하기 때문에 슬픔에 끝이 있을 수 없다.[79] 나는 길을 잃었다는 것을 인정하는 것에서부터 슬퍼하는 일을 시작했다. 그리고 나의 해명 시도들이 이미 끝났다는 것도 인정했다. 어쩌면 그게 나를 되찾는 첫 번째 발걸음이 될 수 있을 것 같았다.

나는 점차 의도적으로, 언젠가는 분명히 함께 늙어가면서 가정을 이루고 싶은 사람을 찾을 거라는 생각을 떨쳐버리려 애썼다. 친구들이 내 결핍된 연인 관계를 대체할 수 있을 거라는 생각도, 그들이 혼자 살고 있는 나의 삶을 구원해 줄 거라는 생각도 떨쳐버리려 애썼다. 때때로 우리는 죽을힘을 다해 일단 뭔가에 매달리면 절대 그것을 놓지 못한다. 매달리는 고통에 이미 익숙해졌기 때문이고, 그런 많은 일이 마음을 아프게 한다는 사실에 익숙해졌기 때문이다. 아마 내 경우도 마찬가지였을 것이다. 나는 천천히 내

삶의 니트웨어를 풀었다. 그리고 풀어낸 그 실로 무언가 새
로운 것을 짜기 시작했다. 다만 그게 정확히 무언지는 아직
알지 못했다.

파마라에서 보낸 나날들

해가 바뀌고 며칠 후 어느 지인이 자신의 집에서 시신으로 발견됐다. 나는 친구를 통해 그 소식을 들었다. 페터는 나와 동갑으로, 심리치료사로서 성공적인 경력을 쌓아가고 있었다. 그는 신과 세상을 잘 알았고, 자신의 매력과 위트로 사람들을 금세 제 편으로 만들었다. 겉으로만 보면 그는 멋진 인생을 살아가고 있었다. 지난 몇 달 동안 나는 그에게서 온 전화를 대부분 받지 않았다. 내가 아는 많은 동성애자처럼 그도 초창기에는 부담 없는 밤 생활을 했으나 수년에 걸쳐 심각한 중독에 빠져버렸고 급기야 극적인 결말에 이른 것이다. 내가 그를 알게 된 것은 그가 처음으로 도움을 요청했을 때였다. 그는 부담 없는 섹스에 도움이 되는 필로폰, 물뽕, 엑스터시를 끊고 일 년을 버텼으나 그 후 재발과 희망의 단계를 끊임없이 오가며 살았다. 그를 아는 모든 사람에게 가슴 아픈 일이었다. 사인은 약물 과다였다. 그날 밤 함께 있던 남자는 사건 현장에서 도망쳤다. 페터의 죽음이 사고사인지 피살인지, 아니면 자살인지 아직 밝혀지지 않았다.

그의 사망 소식을 들었을 때 나는 간간이 희망의 불빛이 희미하게 비치긴 했지만 반복되는 절망감에 사로잡혀 있었다. 팬데믹이 이제 거의 일 년째 지속되고 있었다. 나는 몇 가지 준비를 한 후 크리스마스를 다시 마리와 올라프, 그리고 존과 함께 보냈다. 하지만 크리스마스를 전후해서 몇 사람을 만난 것 말고는 오로지 산책만 했다. 나는 대중교통 이용을 중단했다. 시내에 있는 박물관, 영화관, 오페라하우스, 소극장, 콘서트홀 등은 너무 오랫동안 폐쇄돼 있었기 때문에 그런 게 존재했다는 사실조차 거의 잊어버렸다. 한때 내 삶의 대부분을 차지하고 있던 일들이 더 이상 존재하지 않았다. 나는 거의 일 년 전부터 타인과의 신체 접촉을 꺼렸으며, 우연한 실수로라도 다른 사람을 포옹하지 않았다.

크리스마스 연휴가 끝난 후 감염자 숫자는 전 세계적으로 신기록을 세웠다. 게다가 영국과 남아프리카에서는 쉽게 전염되는 위험한 변이 바이러스가 발견되었다. 아마도 변이 바이러스는 나머지 세계에도 급속히 확산될 것이다. 점차 내 주변의 사망자 숫자도 증가하고 있었다. 그중에는 친구들의 부모님들도 있었고 페터 같은 사람도 있었다. 그런 상황에 처한 사람이 나 하나만은 아니었다. 나는 팬데믹이 정말로 끝나면 향후 몇 년 동안 우리는 얼마나 많은 트라우마를 안고 살아가야 할지 자문했다.

　여행은 금지되지 않았다. 하지만 여행에 대한 경고가 명시되어 있었다. 제일 친한 친구인 다비드와 라파와 나는 지난 몇 주 동안 계속 우리가 정말로 비행기를 타도 괜찮을지 고민했다. 아무도 팬데믹이 이런저런 방식으로 계속 우리를 따라다닐 거라고 예상하지 못했던 시점에 우리는 란사로테섬으로 휴가를 가기로 계획을 세워놓았기 때문이다. 출발을 며칠 앞둔 어느 날, 나는 긴 산책을 하면서 일흔 살난 친구 가브리엘레에게 이런 시기에 태양이 작열하는 곳으로 휴가를 가는 게 도덕적으로 괜찮을지 물었다. 나는 늘 그녀의 판단을 신뢰했다. 그녀가 원래는 괜찮지 않다고 대답했다. 하지만 팬데믹으로 인한 어려움과 장애, 위험에도 불구하고 나는 당연히 떠나야 한다고 했다. 그게 나한테 효과가 있을 거라고. 누군가는 예외를 만들어야 한다고, 우리는 모두 예외를 만든다고, 안 그러면 아무도 이런 상황을 견딜 수 없을 거라고 말이다.
　란사로테섬의 서쪽 해안가 마을인 파마라에 가까워졌을 때 나는 여행은 좋은 결정이었다는 것을 깨달았다. 화산

작용으로 인한, 밝은 적갈색에서 검은색에 이르는 다양한 색깔의 들판과 산들이 밝게 빛나는 파란 초저녁 하늘을 둥그린 지붕 삼아 눈앞에 펼쳐져 있었다. 또 수평선에서 줄지어 밀려오는 파도 거품으로 인해 역동적인 만灣이 보였다. 야자나무들이 길 양옆에 줄지어 서 있었고, 마치 달에 온 것처럼 아름답고 낯선 풍경이 연녹색 반점들로 뒤덮여 있었다. 며칠 전 내린 비에 떨어진 작은 나뭇잎과 덤불들이었다. 아직 베를린의 겨울에 익숙해져 있던 내 몸이 환호했다. 우리는 오픈카의 지붕을 열었다. 따스한 해양풍이 얼굴을 스쳤고, 선글라스를 쓴 내 눈이 새로운 채광 환경에 익숙해지려 애썼다. 우리 셋 모두 이곳은 처음이었다. 우리는 이전에 한 번도 해본 적 없는 일들을 함께 체험했다. 내가 이런 단순한 삶을 얼마나 그리워했는지 정확히 알지 못했다.

때때로 가장 낙관적인 독신자들조차 자신이 언젠가 다시 연애를 하게 될 거라는 상상은 거의 하기 힘들다고 토로한다. 남녀 친구들과 나눈 수많은 옛 대화들을 떠올려 보면, 그들 역시 이런 이야기들을 했었다. 그들이 자신은 연애를 하게 될 가망이 없다고, 또 사랑하고 사랑받을 수 있는 사람들의 세상에서 자신은 배제된 것 같은 느낌을 받는다고 했다. 당시 그들의 말을 전혀 이해하지 못했던 나는 늘 그들에게 자신의 상황을 바라보는 시선이 상당히 왜곡

돼 있다고 말했다. 상황이 바뀌어 그들은 대부분 연애를 하고 있고 나는 혼자 살고 있는 지금, 앞에서 말했다시피 그 문제에 대한 내 생각도 달라졌다.

물론 나는 희망이 없다는 말이 내가 느낀 바를 제대로 표현하고 있는지 자문했다. 아무튼 나는 상황이 더 막히고 더 절망적인 것 같이 느꼈다. 이와 관련해 롤랑 바르트가 그의 책《어떻게 더불어 살 것인가》에서 도입한 '아케디아Akedia'라는 개념이 내 가슴에 큰 반향을 불러일으켰다. 바르트는 원래 기독교에서 유래된 이 단어를 '답답함' '괴로움' '메마른 심장'으로 해석했다. 그에게 아케디아는 사랑에 대한 믿음의 상실이 아니라 사랑에 대한 흥미의 상실을 의미했다.[80] 그는 아케디아를 사랑에 대한 '무관심'과 사랑의 '무능력'으로 정의하고 이 상태를 보다 정확하게 묘사하기 위해 다음과 같이 덧붙였다. "어떻게 내 삶의 관대함으로—혹은 사랑으로—돌아가야 할지 몰라서 두려워하는 것. 어떻게 사랑하지?"[81] 내가 느낀 게 바로 그거였다. 내가 자문했던 것도 바로 그거였다.

자기 삶에서 낭만적 희망의 부재가 미치는 영향에 대해 성찰한 사람이 바르트만 있는 것은 아니다. 수십 년 전부터 버클리에서 심리치료실을 운영해 온 심리학자 월트 오데츠 또한 그 문제를 계속 연구했다. 그의 책《그림자 밖으로》에서 오데츠는 그런 감정들이 특히 남성 동성애자들 사이에 널리 퍼져 있다는 것을 밝혔다.[82] 나는 그건 동성애자 모두에게 해당하는 말이라고 믿는다. 여성 동성애자든 남성 동성애자든 양성애자든 트랜스젠더든 상관없이. 그는 우리 같은 많은 사람의 편을 드는 것처럼 보인다. 종종 아무리 좋은 의도였더라도 우리가 젊었을 때 자주 듣던 경고였다. 우리의 이질성이 우리를 사랑 없이 혼자서 살아가게 할 거라는 이야기 말이다.

내가 처음으로 그런 절망을, 즉 아케디아를 느낀 것은 구십 년대 초였다. 열네 살 때 나는 같은 학년 다른 반의 어떤 남자아이를 사랑하게 됐다. 긴 금발 머리에 얼굴도 잘생기고 공부도 잘하는 아이였다. 한마디로 신체와 성적 매력에서 단 한 번도 열등감을 느껴본 적이 없을 것 같은 그런 아이. 내가 알기로 나는 메클렌부르크주의 작은 김나지움에서 유일한 동성애자였다. 그곳은 아직 동성애자 해방 운동의 기운이 전혀 느껴지지 않던 곳이었다. 혹시 다른 소년 동성애자가 있었다면 아주 잘 숨어 있었거나. 그때는 그렇게 스스로 몸을 숨겨야 하는 시대였다. 에이즈AIDS가 한 세대를 전부 말살시킬 거라는 뉴스가 세상을 장악했다. 동성애자는 지금까지 존재했던 질병들 가운데 가장 많은 낙인이 찍힌 질병이었다. 온 세상이 우리를 증오하고 우리가 죽기를 바라는 것 같았다. 나한테 성적 실험이나 열렬한 로맨스가 불가능했음은 의문의 여지가 없었다. 아마도 나중에, 아주 먼 훗날에는 가능할지도 모르겠다. 하지만 당시에는 아니었다.

종종 몸을 너무 잘 숨기는 바람에 자신이 어떤 사람인지 모르는 경우가 많다. 자신에 대해 거의 모든 것을 무의식적으로 익히는 시기, 즉 자신이 어떤 존재이고 어떤 존재일 수 있고 또 어떤 존재이어도 되는지를 알게 되는 단계에서 배운 것은 오랫동안 그 사람에게 영향을 미친다. 그로부터 수년 뒤 파크슬롭에서 파트너와 동거하며 토요일마다 파머스마켓에 가서 일주일 치 장을 보고, 저녁에 어디로 춤추러 갈지 고민할 때마다 청소년 시절의 숨바꼭질은 이제 더 이상 나와 상관없을 거라고 생각했다. 오나의 집에서 열렸던 어느 모임이 생각난다. 당시 나는 일 년 전부터 심리분석가인 그녀에게 정기적으로 상담치료를 받고 있었다. 무엇을 하든 항상 우울증에 사로잡혔기 때문이다. 나는 더 이상 살아야 할 이유를 찾지 못했다. 우리의 대화는 몇 가지 문제를 놓고 계속 겉돌았다. 처음에 우리는 나의 식이장애에 관해 이야기를 나눴다. 그다음에는 내가 왜 그렇게 술을 많이 마시는지, 나는 왜 그렇게 자기 몸에 문제가 많다고 느끼는지, 대체 얼마나 많은 성적인 증명이 필요한지, 왜 스스로 세운 원칙에 어긋나게 파트너한테 불성실했는지 등에 관해 대화했다. 그런데 대화가 늘 어느 한 지점에서 막히곤 했다. 어느 날 그녀가 혹시 내가 동성애자라는 사실에 수치심을 느끼느냐고 물었다. 화들짝 놀란 나는 강력하게 부인했다. 이미 몇 년 전부터 나는 더 이상 그 사실을 부끄러워하지 않았고 성생활에도 솔직하게 임하고 있었다. 심지어 당시 나는 어떤 남자와 동거 중이었다. 그런 것을 특별히 이상하게 보지 않는 도시에서. 그런데 왜 내가 그걸 수치로 느껴야 한단 말인가? 오나는 나의 격렬한 반응에 살짝 눈썹을 찌푸렸을 뿐, 아무 말도 하지 않았다.

라파랑 다비드하고 하는 여행은 늘 좋았다. 우리는 몇 년 전부터 늘 함께 여행을 다녔다. 나의 마흔 번째 생일에는 파리에서 축하 파티를 열었고, 비엔날레를 보러 베니스에 함께 갔으며, 유명한 페루 식당에 가기 위해 관광차 마드리드를 방문하기도 했다. 그렇게 몇 년이 흐른 뒤 우리 중 라파가 처음으로 파트너를 찾았다. 다비드도 그 사이에 연애를 시작했다. 그들의 관계는 비교적 오래 지속될 것처럼 보였다. 나는 그들의 파트너들을 좋아했다. 그들의 상황이 바뀌었음에도 불구하고 우리는 여전히 셋이서 여행을 다녔다.

라파는 나보다 열 살 어리고, 다비드는 나보다 열다섯 살 많다. 어떤 면에서 우리는 각기 다른 세 세대에 속하는 남성 동성애자들이다. 다비드는 에이즈에 대한 혐오를 온

몸으로 겪은 세대의 사람이다. 나는 당시의 뉴스나 끔찍한 일들에 대한 지식을 갖고 있는 세대지만 그 질병의 기세가 갈수록 약해지던 시기에 성장했다. 라파는 그런 일들에 더 이상 큰 의미를 두지 않는 세대에 속한다. 요즘 동성애자들은 예전에는 상상도 못했던 권리와 자유를 누리고 있지만 그들에게 그건 당연한 일이다. 각기 다른 세대를 살아온 우리는 수치심에 대해서도 각기 다른 트라우마와 싸운다. 각 세대는 그들 나름의 방식으로 삶을 구축했다.

특히 동성애자들의 삶에서 수치심은 단순한 하나의 감정 이상이다. 이브 코소프스키 세지윅은 수치심을 일종의 자유로운 급진주의라고 불렀다. 그는 수치심이 자신의 몸에 대한 우리의 이해, 특정한 태도, 우리의 감정과 욕정 등 거의 모든 것과 연관되어 있을 뿐 아니라 모든 것의 의미를 바꿀 수 있다고 했다. 세지윅은 동성애자의 수치심이 우리의 모든 관계에 영향을 미치고, 자기 자신에 대한 이해의 방식까지 규정한다고 했다.[83]

심리학자 앨런 다운스가 자신의 책《벨벳의 분노》에서 그 영향력이 어디까지 미치는지를 규명했다. 다운스는 남성 동성애자들의 사례를 통해, 그들이 유년기와 청소년기에 어떻게 자신의 욕망이 이성애자의 욕망보다 덜 '확실하거나' 덜 '자연스럽다'는 사실을 배우게 되는지 보여주었다. 그리고 거기서 생겨난 수치심이 평생 동안 그의 내면을 지배하는 배열 원칙이 되고, 문제를 해결하거나 조정할 때 기준으로 작용한다고 했다. 단지 하나의 감정에 불과했던 것이 우리의 마음속 심연을 파고들어 고지식하고 엄중한 믿음이 되어버린 것이다. 우리는 근본적으로 무언가 잘못 되었을 뿐만 아니라 살아남고 싶으면 우리 자신을 사랑할 수 있는 존재로 만들기 위해 노력해야 한다는 믿음이다.[84]

하지만 동성애자의 수치심은 단순히 심리적 역동성으로 인해 생겨난 게 아니다. 또한 그 수치심은 사회적으로 제도화된다. 디디에 에리봉이 그의 책《동성애자 문제 고찰》에서 명확히 밝혔듯이, 수치심은 모욕적 언사를 통해 누군가에게 낙인찍히거나 하찮은 범주로 귀속될 때 생겨난다. 이는 동성애자들이 자주 겪는 일이다. 우리가 사는 위계질서가 명확하고 가부장적인 이 사회에서 동성애자들은 주로 그쪽 범주로 분류된다. 우리는 모두 성별과 성적지향과 육체가 위계질서 속에서 어떤 위치에 있는지에 대한 지식을 갖고 성장한다. 우리가 사랑하는 사람들에 대해 어떤 관계가 '옳고' 어떤 관계가 '그른지'에 대한 지식 말이다. 이 지식은 결코 우리한테서 분리할 수 없는 우리의 일부이다. 그리고 그것은 사회의 다수에 의해 계속 새롭게 강화된다. 설사 우리가 그것을 거부한다 해도 우리는 늘 그것과 함께 살아간다.[85]

수치심의 이러한 심리적 역학과 사회적 제도화는 긴 역사를 갖고 있다. 그 역사는 다른 어느 곳보다 독일에서 더 뚜렷하게 나타났다. 나치 정권은 남성 동성애자를 '독일 국민의 남성성을 위협하는 타락한 인간'이라고 했다. 동성애 근절을 국가의 목표로 내세웠던 나치 정권에서는 '갈망하는 눈길' 하나만으로 형사소추를 당할 수 있었다. 남성 동성애자들은 고문당하고 화학적 거세를 당하고 의학 실험의 대상이 되었다. 만 오천 명의 동성애자들이 정치범수용소로 끌려갔고, 그 가운데 절반 이상이 거기서 살해되었을 것으로 추정된다. 나치 정권과 2차 세계대전이 끝난 이후에도 동성애자 추적은 중단되지 않았다. 그들 가운데 일부는 정치범수용소에서 살아남은 이후에도 점령국들에 의해 다시 격리되었다.

수십 년 동안 게이, 레즈비언, 트랜스젠더는 나치 정권의 피해자에 포함되지 않았다. 그들의 권리는 인권의 일부로 인정받지 못했고, 기본법의 보호 대상에서 제외되었다. 독일제국 수립 이후 남성 동성애자들을 처벌했던 175조는 바이마르공화국 당시 제국법무장관 구스타프 라드브루흐에 의해 거의 삭제되었다. 독일연방공화국에서는 그 조항으로 인해 십만 명 이상의 사람들이 수사 대상에 올랐고 그 가운데 오만 명 이상의 남성 동성애자들이 처벌받았다. 현재의 관점에서 역사적으로 그리 오래전 일이 아님에도 불구하고 그런 일을 당한 남성들의 삶을 제대로 이해하기는 어렵다. 그들을 거부하고 추적하고 협박해서 자연스러운 욕구를 억제하도록 강요하고, 설사 억제했다 하더라도 은밀히 숨어서 살아가도록 강요하는 사회의 내적 제약과 잠재된 삶의 공포가 어떤지 파악하는 것은 어렵다. 그것은 충만한 삶을 포기하라는 판결이자 인간적인 삶을 온전히 누리지 말라는 판결이다.

1969년에야 비로소 스물한 살 이상의 남성들 간 동성애가 범죄라는 누명을 벗었다. 그리고 1972년에 열여덟 살 이상의 남성 동성애가 범죄라는 누명을 벗었다. 동독에서는 이미 1957년과 1968년에 이루어진 조치였다. 물론 동독에서도 레즈비언과 게이는 감시와 차별과 타도의 대상이었으며 '부르주아적' 삶의 대표자로 추적당했다. 1990년에야 비로소 세계보건기구가 동성애를 정신질환 목록에서 삭제했다. 내가 열여섯 살이던 1994년에 비로소 재통일된 독일에서 175조가 형법에서 삭제되었다. 그리고 2002년에 의회에 의해 나치 정권에서 피해를 본 동성애자들의 명예가 회복되었다. 대다수의 사람은 이미 죽은 지 오래였다. 2017년 10월, 드디어 동성애자 커플의 결혼이 법적으로 인정되었다. 그리고 2018년 12월에 비로소 독일에서 다양한 성정체성을 가질 수 있는 권리가 인정되었다.[86]

주지하다시피 과거는 절대로 사라지지 않는다. 프랑

스 사회학자 피에르 부르디외의 말처럼, 일단 존재했던 것은 영구적으로 우리 역사에만 새겨지는 것이 아니라 '사회적 존재와 사물, 그리고 육체에도' 새겨진다. 오늘날까지도 우리의 역사가 우리의 사고방식과 지각 체계를 규정한다는 것이다.[87] 한 사회가 수십 년 동안 어느 집단의 사람들을 범죄자이자 질병이자 무가치한 존재라고 낙인찍으면 언젠가 거기 속한 사람들이 스스로 그런 속성들을 내재화하는 것을 막기 어렵다. 록산 게이는 거의 언제나, 그리고 오늘날에도 여전히 백인의 가부장적 구조가 내리는 평가가 우리가 스스로에게 내리는 평가보다 더 힘이 세다고 말했다. 우리는 그것들을 받아들인다. 그 평가는 마치 전염병처럼 게이인 우리 몸속으로 퍼진다. 그리고 우울증이나 의존증으로 이어지거나 말로 표현하지 못하는 다른 신체적 증상으로 나타난다.[88] 그 모든 것은 일종의 성적 폭력으로 느껴질 수 있고 실제로도 정확히 그렇다. 즉 성적 측면이 강조된 폭력의 형태인 것이다.

요즘 나는 내 마음속에 일어나는 동성애자의 수치심을 인지할 수 있다. 컨디션이 별로 안 좋은 날 길에서 다른 사람, 특히 다른 동성애자를 보면 시선을 내리고 피해갈 때. 몹시 매력적인 남자를 보고 혹시 그 남자가 내가 느끼는 설렘을 알아챌까 두려워 멀찍이 떨어져서 갈 때. 우울증에 빠져 강박적으로 무언가를 먹기 시작할 때. 밥을 굶으면서도 칼로리를 재고 운동에 집착할 때. 갑자기 소심해지는 바람에 중요한 대담이나 출연을 앞두고 무슨 말을 해야 할지 몰라 의식적으로 내 마음속을 들여다볼 때. 그럴 때 나는 수치심을 느낀다.

나는 다른 동성애자들한테서도 그들의 수치심을 알아챌 수 있다. 마치 그래야만 자기가 겪은 상처를 잊을 수 있다는 듯 일부러 더 과장된 몸짓으로 실거리에서 만난, 평범한 시민의 삶을 살아가는 다른 남녀 동성애자들을 엄청난 비난의 눈길로 쳐다보는 남성 동성애자한테서. 그리고 여성을 혐오하고 트랜스젠더를 두려워하고 인종차별주의적 사상들을 옹호하는 중년 백인 남성 동성애자들한테서. 그들은 사회적 다수가 쓰는 '명확한 오성'의 몸짓을 사용하는데, 그건 본인이 그 그룹에 속한다고 믿기 때문이다. 또한 그들은 사람을 만나기만 하면 자신들의 성적 정복 이야기를 줄줄이 늘어놓고 때때로 디스토피아의 특징을 보이는 무대 위 세상에서 벗어나지 못한다.[89] 내가 수년 전부터 참석하고 있는 자조모임에 나오는 남성 동성애자와 여성 동성애자, 성전환 수술을 한 남자들과 여자들이 알코올과 약물 중독 경험들을 나누면서 수십 년간 이어온 우리 삶의 종속성에 대해 이야기할 때도 나는 그들에게서 수치심을 인지할 수 있다. 그들은 평균 이상으로 자주 알코올 및 약물 중독과 싸워야 한다. 나는 수치심을 인지할 때마다 늘 한 가지 태도로 그것에 맞서려 한다. 수용과 사랑의 태도로. 하지만 나는 아직 수치심과의 싸움에서도 이기지 못했다.

수치심은 감출수록 더 커진다. 란차로테섬에서 나는 처음으로, 팬데믹으로 인해 오랫동안 혼자 지내면서 겪은 삶의 문제는 내가 오로지 내면의 대화에만 집중한 탓이라는 것을 깨달았다. 나 스스로 알아차리지도 못한 채 마음속으로 나 자신을 비난하고 트집 잡고 창피해하고 있었던 것이다. 혼자서 하루하루를 보내면서 그런 생각을 떨쳐버릴 수 있는 사람은 아무도 없다.

파마라에서 나는 아침 일찍 일어나 커피를 내린 다음 커피잔을 들고 테라스를 거쳐 해변으로 나갔다. 그리고 시원한 바닷물에 발을 담그고 태양이 산 위로 떠오르는 광경을 지켜봤다. 다시 집 안으로 들어오면 라파와 다비드도 대부분 일어나 있었다. 우리는 함께 아침 식사를 하며 하루 일과를 시작했다. 종종 우리는 셋이서 섬 탐방에 나섰다. 특히 전망이 아름다운 곳으로 드라이브를 하거나 관광안내 책자에 나온 레스토랑을 방문했다. 때때로 각자 자기의 일에 몰두했다. 일과의 절정은 장을 보러 슈퍼마켓에 다녀오는 것이었다. 저녁 식사가 끝나면 우리는 페드로 알모도바르의 영화를 봤다. 그건 우리가 이 휴가를 위해 세운 작은 프로젝트들 가운데 하나였다. 십사 일 동안 열네 편의 영화를 보는 것. 나는 그 영화들을 거의 다 봤을 뿐 아니라 그 영화들을 사랑했다. 그다지 안 좋은 영화들까지도. 그의 영화를 볼 때면 나는 거의 대부분 그 영화를 처음 본 장소, 당시 내가 처해 있던 상황, 그리고 그 영화가 나한테 얼마나 중요했는지가 정확히 기억났다. 영화의 다채로운 색감, 드라마와 블랙코미디에서 보여주는 욕망, 인간 실존의 다양한 선택들에 대한 시선, 주변부의 축제, 다양한 인생행로들, 게이나 레즈비언들의 우정과 사랑, 다수의 트랜스젠더 캐릭터들, 위대한 배우들, 카르멘 마우라, 로시 드 팔마, 마리사 파레데스, 당연히 포함되는 페넬로페 크루즈까지. 그들은 모두 다 당당하게 장애물에 맞서며 삶을 즐긴다. 그리고 가부장적이고 규범적인 삶의 모든 불행으로부터 벗어나기 위해 타인들을 향해 끝없이 차례차례 거대한 해방의 공을 날린다. 우리는 〈브로큰 임브레이스〉를 첫 번째 영화로 택했다. 영화 일부를 란차로테섬에서 촬영한 영화였다. 잠시 후 우리 세 사람은 영화에 완전히 빠져들었다. 몇 장면에서 파마라가 비쳤는데, 우리가 거니는 해변과 산 들이 배경으로 나왔다.

어느 동성애자 철학자가 미셸 푸코와 함께 '삶의 방식으로서의 우정'이라는 개념을 강조한 것은 놀라운 일이 아니다. 그는 지금까지 철학에서 우정을 이성애자 백인 남성들에만 한정된 관계로 보던 것 대신, 우정을 일종의 동성애자들 간의 관계로 서술했다. 그는 '동성애'를 오로지 성생활 측면에서만 생각하고 동성애자의 삶을 그들이 누구와 잠자리를 갖느냐의 문제로 축소하는 덫에서 벗어났다.[90] 사회적으로 친숙한 관습적 제도 밖에서 푸코와 정확히 그런 강렬한 평생의 우정을 맺은 디디에 에리봉은 그 생각을 더 확장시켰다. 그는 동성애자한테는 친구 집단이 '주요 초점들' 가운데 하나가 될 수 있다고 했다. '다소간에 뚜렷한 고립에서 다소간에 강력한 사회화로 나아가는 심리적 과정의 토대'라는 것이다. 에리봉은 우정이 '자아를 발견하기 위한 개별적이고 집단적인 과정의 토대'[91]라고 했다. 동성애자들한테는 우정이 생존만큼 중요하다. 그들은 우정의 도움이 있어야 비로소 실제로 자신의 정체성을 찾게 된다.

파마라에서 내가 받은 느낌이 바로 그거였다. 나는 우정이 가진 힘과 우정이 누군가에게 방향을 제시해 줄 수 있다는 것을 느꼈다. 파마라에서 보낸 나날들은 이루 말할 수 없을 만큼 호사스럽게 느껴졌다. 우정의 대화들로 가득 찬 시간이었기 때문이다. 우리 사이에 몇 년 전부터 끊겼던 대화가 되살아났다. 다비드와 라파와 나는 당연히 우리의 삶에 관한 생각들을 나누었다. 그중 하나가 바로 동성애자의 수치심에 관한 이야기였다. 우리는 때로는 그것을 밀어냈고, 때로는 그것을 솔직하게 드러냈으며, 또 각자 자기만의 방식으로 그걸 안고 살아가는 법을 배웠다.

오랫동안 혼자 지낸 이후에 내가 그 수치심을 어떻게 느꼈는지 이야기할 수 있게 된 건 잘된 일이었다. 나는 혼자 사는 내 삶에 관해 이야기하면서 어쩌면 앞으로도 계속 이렇게 혼자 살게 될 것 같다고, 그리고 롤랑 바르트가 언급한 바 있는, 심장이 메마른 상태인 아케디아 같은 느낌을 받았다고 말했다. 물론 우리는 이미 오래전에 그 문제에 관해 이야기를 나눈 적이 있다. 하지만 파마라에서 뭔가가 내 마음을 움직였고 그로 인해 내 마음이 약간 느슨해져 있었다. 물론 팬데믹으로 인해 외롭게 지내는 동안 돌이킬 수 없어 보였던 진실은 여전히 진실로 느껴졌다. 하지만 그 강도는 조금 약해졌다.

그렇다고 해서 파마라에서 내가 혼자 시간을 보내지 않았다는 뜻은 아니다. 뒤죽박죽되어 버린 머릿속을 정리하기 위해 나는 혼자만의 시간이 필요했다. 해변 맞은편 끝에 파마라 산맥이 우뚝 솟아 있었다. 이곳에 도착한 첫날 나는 이미 피어발트슈테터호수에서의 경험을 떠올리며 파마라의 등산로들을 탐방해 봐야겠다고 결심했다. 둘째 날 다비드와 라파가 나를 산맥 반대쪽에 있는 하리아로 데려다줬다. 하리아는 놀랄 만큼 파릇파릇한 야자나무들이 무성하게 자라고 있는 작은 마을인데, 나는 거기서부터 등산을 시작했다. 등산에 큰 관심이 없는 두 사람은 자동차로 섬 탐방을 계속했다.

내가 가진 힘과 신체 능력을 한계치까지 몰아붙여야 했던 등산은 정말 놀랄 만큼 경이로우면서도 힘들었다. 하지만 바다와 해변, 섬 전체를 다 내려다볼 수 있는 끝내주는 전망이 노고에 보답해 주었다. 봉우리에 오른 뒤 파마라로 돌아가는 길이 처음에는 약간 가팔랐다가 다시 조금 평탄해졌을 때 행복과 쾌감이 파도처럼 계속 밀려왔다. 나무가 그리 많지 않으면서도 독특한 아름다움을 지닌 이런 경치를 전에는 한 번도 본 적이 없었다. 다양한 색깔의 암석들을 비롯해 용암 덩어리에 들러붙어 있는 각양각색의 지의류, 이국적인 다즙식물, 선인장, 대극식물, 공 모양의 가시상추, 커다란 사자 이빨을 연상시키는 노란색 방가지똥, 뒤뚱거리며 걸어가는 진기하고 사나운 도마뱀들까지 그곳은 마치 이상한 마법에 걸린 세상 같았다. 나는 가능하면 자주 이곳에 오기로 결심했다. 그리고 바로 그다음 날 다시 파마라 산 중턱까지 올라갔다. 그 후 섬을 떠나는 날까지 파마라의 산에 오르는 것은 일종의 의례가 되었다. 나는 초저녁에 산을 오르기 시작해 해가 질 때면 다시 해변에 있는 우리 숙소로 돌아와 제시간에 저녁을 먹고 영화를 감상했다.

이런 소소한 저녁 하이킹을 하는 동안 나는 계속해서 우리가 나눈 대화들을 곱씹어 보았다. 오래전에 했던 강의들도 떠올렸다. 뭔가 새로운 것을 각성했다는 뜻은 아니다. 하지만 그건 혼자 사는 나의 삶과 절망에 대해 새로운 생각과 다른 해석의 가능성을 열어주었다. 내 생각은 번번이 앞에서 언급한 바 있는《벨벳 분노》의 저자 앨런 다운스에게로 돌아갔다. 다운스에 따르면, 동성애자는 청년기에서 성인 초기 단계로 접어들 때 모든 상황에서 동성애자의 수치심을 피할 수 있는 방식으로 삶을 살아간다. 이때 불가피하게 원치 않는 현상들이 수반된다. 관계가 불안정해지고, 자신의 몸이나 절망이라는 감정에 대해 비판적 시각을 갖게 되는 것이다. 하지만 다운스는 사람들이 조만간 자신을 새롭게 정립할 거라고 믿는다. 그는 때가 되면 사람들이 수치심을 피하기 위해 세운 전략들을 토대로 한 기존의 삶과 결별하고 다시 새로운 삶을 구축할 거라고 확신했다. 물론 그게 빠르고 전격적으로 진행되는 것은 아니고 현실적으로 가능한 속도로 천천히 진행된다. 다운스의 말대로라면, 나는 점점 더 많이 무언가를 시작할 수 있었다. 어쩌면 내 삶의 새로운 단계가 이제 막 시작된 것 같았다. 하지만 그건 결코 내가 상처가 너무 많아서 사랑을 받을 수도, 할 수도 없다거나, 내가 친밀에 대한 방패막이로 감정의 거식증을 이용했나, 하는 질문은 아니었다. 나는 단지 내 삶을 새롭게 구축해 보고 싶었던 것 같다. 일단 혼자서만 할 수 있는 것으로. 그런데 그 과정은 생각했던 것보다 훨씬 더 오래 걸렸다. 제대로 하고 있는 건지 아닌지도 말할 수 없었다. 그 삶이 실제로 깔끔하게 모범 사례들에 들어맞는지 아닌지도 말할 수 없었다. 하지만 그것은 생각만으로도 오랫동안 느껴보지 못했던 무언가를 내게 선물해 주었다. 바로 확신이었다.

초저녁에 등산하면 사람들을 만나는 경우가 아주 드물었다. 그런데 숙소로 돌아오는 길에 번번이 마주치는 한 등산객이 있었다. 그 사람도 나처럼 등산을 저녁 의례로 삼고 있는 것 같았다. 그는 늘 검은색 등산복을 입고 있었고 나이는 나랑 엇비슷해 보였다. 콧수염을 길렀고, 간간이 새치가 보이는 긴 흑발이었다. 전체적으로 꽤 호감이 가는 인상이었다. 그가 섬 주민인지 나처럼 여행을 온 관광객인지는 알 수 없었다. 처음으로 길이 엇갈리던 날 우리는 짧게 고개를 끄덕이며 "Hola!안녕하세요!"라고 인사했다. 나는 며칠 후 저녁 시간에 다비드와 라파에게 그 사람 이야기를 했다. 문득 그가 나한테 꽤 강렬한 인상을 남겼구나, 싶었다. 몇 번 더 우연히 마주친 다음에는 길이 엇갈릴 때마다 서로 미소를 지으며 인사했다. 그도 내가 누구인지 궁금할 것 같았다. 내가 왜 매일 산에 오르는지도. 라파와 다비드와 나는 결국 그 사람에 대해 온갖 상상의 나래를 펼쳤다. 나는 등산 중에 늘 그를 만나기를 고대했고 그를 못 만나면 약간 실망했다. 그러던 어느 날, 휴가가 거의 끝나갈 무렵에 다시 그를 만났다. 우리는 걸음을 멈추고 서로 미소를 지었다. 그때 그가 물었다. "Qué tal?어떻게 지내세요?"

다비드와 라파와 나의 대화 가운데 일부는 페터 이야기였다. 우리 세 사람 모두 그와 아는 사이였다. 그가 도움을 청했을 때 우리는 그와 함께 희망을 품었다. 우리는 그를 도우려 애썼고, 함께 많이 웃었다. 그리고 그가 지난 몇 달 동안 그려온 삶의 하향 곡선을 지켜봐야 했다. 모든 게 실패한 이후 갈수록 자신감을 잃어가는 모습도 지켜봤다. 우리는 그의 얼굴과 태도에서 수치심과 자기혐오를 엿볼 수 있었다. 그가 얼마나 많은 외로움에 시달리고 있는지도 알 수 있었다. 질병과 팬데믹으로 인한 외로움이었다. 우리는 그 모든 게 어떻게 진행되어 왔는지 잘 이해할 수 있었다. 우리 세 사람도 언젠가 비슷한 과정을 겪어본 적이 있었기 때문이다. 다행히 우리는 운이 좋았다. 그것도 아주 엄청나게. 아직 목숨이 붙어 있다는 사실은 정말이지 행운이었다.

신체 활동

인간은 원래 늘 외로운 존재였다. 인간은 외로움을 언제 어디에서나 느꼈기 때문에 기를 쓰고 이 감정에서 벗어나려고 했다. 외로움은 근대나 현대에 들어와 생긴 현상이 아니다. 과거 시대와 문화에 대해 무엇을 믿든 상관없다. 어떤 신앙적, 종교적, 사회적 이상향을 과거에 투영하든 상관없다. 이미 철학과 문학에서는 외로움이 늘 거론되었다. 때론 이런 방식으로, 때론 저런 방식으로. 또한 문화적으로 다양한 특징을 지닌 변형된 형태로. 기원전 삼천 년대 초반까지 거슬러 올라가는 고대 바빌로니아의 서사시 《길가메시》에서 이미 외로움을 다루고 있다. 거기에는 길가메시와 반신半神, 우르크와 엔키두 왕 사이의 우정이 나온다. 친구가 죽은 뒤 길가메시가 느끼는 슬픔과 고독이 그 서사시의 핵심 주제이다. 고대 그리스인들은 프로메테우스와 오이디

푸스, 시지프스의 신화를 알고 있었다. 그들의 사회적 고립과 그들이 겪는 다양한 고통에 대해서도 알고 있었다. 〈구약 성서〉에서 신은 이브와 그와 같은 인류를 창조했다. 인간이 혼자 있어서는 안 된다는 통찰이 있었기 때문이다. 오비디우스의 《변신 이야기》는 영원히 제 얼굴만 비춰보는 외로움에 빠져 정신의 감옥에서 탈출하지 못하고 물에 가라앉은 나르시스의 신화를 우리에게 선물해 주었다.

보다 정확하게 고찰해 보면 수백 년에 걸친 우정에 관한 글쓰기는 언제나 외로움에 관한 글쓰기였다. 그리고 외로움과 슬픔에 대한 글쓰기였다. 앞에서 언급한 바 있는 《우정의 정치학》에서 자크 데리다가 강조했듯이, 이런 텍스트들은 거의 대부분 유언의 관점에서 탄생했다. 죽은 친구에게 기념비를 하나 세워주는 동시에 뒤에 남겨진 글쓴이 자신을 이야기하는 것이다.[92]

세상 어느 누구도 외로움에서 벗어날 수는 없다. 외로움은 피할 수 없는 실존적 경험이다. 어쩌면 꼭 필요한 경험이기도 하다.

란차로테섬에서의 체류가 끝나갈 무렵 나는 베를린으로 돌아가고 싶지 않은 내 마음을 확인했다. 그 감정이 어찌나 강렬한지 나 스스로 놀랄 정도였다. 그건 아마도 라파하고 다비드랑 함께 있었기 때문일 것이다. 어쩌면 등산과 태양, 이색적 풍경, 우거진 신록, 철썩이는 대서양의 파도 소리 때문이었을지도 모른다. 나는 문득 지난 몇 달 동안 내가 너무나 무거운 짐을 지고 있었다는 것을 깨달았다. 어디에 가든 나는 늘 그 짐을 지고 다녔다. 그동안 쭉 갇혀 있던 내가 이제 막 곤경에서 벗어나기 위한 첫걸음을 내디딘 것이다. 이 첫걸음은 효과가 있었다. 그런데 베를린으로 돌아가면 그 과정이 중단될까 두려웠다. 그리고 이미 심연에 다다른 것 같은 그 도시의 지치고 음울한 분위기에 전염될까 두려웠다.

몇 주 전 나는 롤랑 바르트가 어머니가 돌아가신 뒤 출간한 《애도 일기》를 읽었다. 그 얇은 책에는 때때로 목숨이 붙어 있다는 것 자체가 문제로 느껴지는 상황이 묘사되어 있다. 해결책도 없고 피할 수도 없는 문제 말이다. 나도 비슷한 경우였다. 나는 우울증의 전조 증상이 어떤지 알고 있었다. 내가 그 단계를 이겨내지 못할 거라는 것도 알고 있었다. 몇 년 전 어느 신경정신과 의사가 내게 겨울에는 태양이 작열하는 남쪽 나라에서 지내라고 권유한 적이 있다. 그런 권유는 언제나 터무니없게 느껴졌다. 비용이 너무 많이 들기도 하거니와 나의 생업인 사회자나 낭독회 일정이 빽빽했기 때문에 실행으로 옮길 수도 없었다. 하지만 지금은 행사들이 아예 없거나 열리더라도 단지 온라인으로 진행되었다. 나는 다비드하고 라파랑 상의한 끝에 내 은행 계좌에 남아 있던 돈을 전부 모았다. 그리고 이웃인 팀에게 전화해 앞으로도 당분간 내 우편물을 챙겨주고 추위에 약해 몇 딜 동안 부엌으로 옮겨놓았던 테라스의 화분들도 보살펴줄 수 있는지 물었다. 그런 다음 나는 근처에 있는 카나리아제도 푸에르테벤투라섬의 어느 작은 해변에 휴가용 별장을 구했다.

물론 외로움과 상실감에 맞서 싸우는 내가 굳이 혼자 지낼 곳을 찾는 것은 이치에 맞지 않았다. 하지만 유람선 뱃전에 서서 바닷바람을 마시며 란차로테섬의 풍경이 서서히 수평선 너머로 사라지는 것을 보는 동안 나는 그게 생각만큼 이상한 일은 아니라는 느낌이 들었다. 그리고 내가 빌린 작은 휴가용 별장에 들어가 트렁크의 짐을 풀고 등산화는 현관문 옆에, 노트북은 식탁 위에 내려놓았을 때 나는 이게 참 잘한 결정이라고 확신했다. 마치 나를 위해 사색하고 글 쓰고 책을 읽고, 숨을 쉴 수 있는 공간을 장만한 것 같은 기분이 들었다. 어떤 면에서는 작년에 혼자 지낸 것이 이런 상황에 대한 준비처럼 느껴졌다. 이곳에서의 체류는 내게 일종의 심리적 회복기를 가지면서 아직도 시끌시끌한 내 머릿속 소음을 줄일 기회를 제공해 주었다. 마치 일종의 해방 행위이자 자기관리 행위처럼 느껴졌다. 나는 그곳에 두 달간 머물렀다.

요즘은 주로 '셀프케어Self-Care'라는 용어로 사용되는 자기관리의 개념을 어디에서나 접할 수 있다. 셀프케어라는 용어는 이제 우리 시대의 핵심적 자기 보수補修의 기술로 격상했을 뿐 아니라 자율 최적화라는 개념을 상당 부분 대체했다. 현재의 셀프케어는 결코 급진적이지 않다. 오히려 집합 용어로서 스파를 비롯해 소셜미디어 다이어트, 아유베다 요가, 명상하기, 치료적 개입에 이르는 모든 행동을 아우르고 있어 파악하기도 힘들고 여러 면에서 문제가 많다. 포괄적 의미에서 우리 자신을 돌보는 것을 의미하는 셀프케어는 오늘날 어디에나 존재한다. 따라서 그것으로는 원래 우리가 세운 목표에 도달하지 못한다는 이유로 셀프케어를 행하지 않는 게 아닌지 자문해 볼 필요가 있다.

나는 셀프케어라는 개념에 본능적인 거부감을 갖고 있다. 그것은 특히 셀프케어의 상업화 때문이다. 나는 근본적으로 셀프케어가 신자유주의적 후기자본주의의 궁극적 승리를 의미한다는 의구심을 떨쳐버릴 수 없다. 수많은 구조적 문제들은 해결하지 않고 그냥 방치한 채 그로 인한 정신적 결과만 우리가 책임질 준비가 되어 있다고 선언한 것처럼 보이기 때문이다. 그럼에도 불구하고 자기관리는 내 삶에서 가장 중요한 요소들 가운데 하나다. 그리고 그것의 실천은 지난 몇 년간 받아들이고 싶지 않았던 일들을 수용하도록 나를 계속 재촉했고, 출구가 없어 보이는 상황들에서 벗어날 수 있는 해결책을 찾아보도록 해주었다.

놀랍게도 동시대인들이 하는 셀프케어의 핵심은 대부분 미국의 서정시인이자 수필가이자 정치적 행동주의자인 오드리 로드한테서 가져온 것이다. 몇 주 동안 나는 오드리 로드의 책을 다시 읽었다. 그녀는 엄청난 영향력을 발휘한 일기 에세이 《빛의 폭발: 암과 함께 살아가기》의 에필로그에서 셀프케어의 개념을 명확히 규정했다. 그 책에서 그녀는 이렇게 썼다. "나 자신을 돌보는 것은 자신에게 쉽게 굴복하는 것과 다르다. 그건 자기보존 행위이자 정치적 전투 행위이다."[93] 그녀는 수없이 인용되는 이 문장을 두 번째 암 진단 삼 년 후, 그리고 죽기 오 년 전에 썼다. 그녀는 유방암을 극복했지만 원발암이 간으로 전이되었다. 그녀의 에세이를 통해 그 과정을 고스란히 따라가다 보면 말문이 막히고 숨이 막힌다. 그녀의 절망, 삶에 대한 긍정, 슬픔, 사랑, 그리고 삶에 대한 애착을 목격할 수 있기 때문이다. 그녀는 활용할 수 있는 모든 전통의학, 전체론적 치료법, 동종요법 등을 이용했다. 또한 질병과의 싸움에서 일말의 가능성이라도 보이는 모든 방법을 동원했다. 그 와중에 자신이 가진 에너지를 분배해서 학생들을 가르치고 글을 쓰고 명상하고 글을 읽었다. 또한 동성 배우자인 프랜시스와 두 명의 아이들을 사랑으로 대했다. 팔십 년대에 흑인인 그녀가 모든 곳에서 날마다 행해지던 인종차별주의와 위험한 여성 혐오주의, 동성애 혐오, 일상생활 곳곳에서 이루어지던 수많은 거부와 배제, 그리고 차별대우에 당당하고 강인하게 맞서는 모습은 우리 모두에게 깊은 인상을 남긴다.

사회가 마련해 주지 않았으나 스스로 이룩한, 작가이자 행동주의자인 로드의 아름답고 강인한 삶에서 자기관리는 실제로 '자기보존'의 다른 이름이었다. 그녀와 그녀의 가족, 그리고 그녀의 공동체에 적대적인 세상에서 자기를 보존하는 것 말이다. 그녀는 자기 자신을 보살피면서 이 적대적 세상에 이전에는 존재하지 않았던 하나의 공간을 마련했다. 그녀처럼 살 수 있는 공간, 남성성과 이성애, 백인 우위의 판타지들을 장롱 속으로 처넣어 버리는 그런 공간. 그건 단순히 세상을 조금씩 지속적으로 변화시켜 더 나은 곳으로 만드는 것을 의미하지 않는다. 그건 단순히 살아남는 것 대신 살아가는 것을 의미한다. 그런 의미에서 자기관리는 철저하게 급진적인 이념이다.

팬데믹을 배경으로 두고 보니 로드의 에세이가 다시 한번 다르게 읽혔다. 나는 그녀와 새로운 방식으로 연결되어 있음을 느꼈다. 그리고 우리를 둘러싼 모든 질병과 죽음을 염두에 둘 때 그녀의 급진성을 더 잘 이해할 수 있을 것 같은 인상을 받았다. 나는 아침 일찍 일어나 한참 동안 책을 읽었다. 그러고는 파파야와 파인애플로 아침을 먹고 글을 썼다. 날마다 하던 산책도 계속했는데, 심지어 섬의 가파른 해안까지 산책을 나녀오기도 했다. 거기서는 종종 폭풍 때 거센 파도가 밀려오는 바다가 내려다보였다. 그곳에서 나는 더 잘 먹고, 더 건강하게 먹었다. 일 년 전만 해도 완전히 소홀히 했던 일이다.

게다가 거기 도착한 첫날 나는 요가 매트를 구입했다. 많은 다른 사람의 경우처럼 요가는 종종 내게 많은 도움을 주었다. 개인적인 위기가 닥칠 때마다 나는 늘 규칙적으로 할 수 있는 일거리를 찾았고, 다시 상태가 괜찮아지면 중단하곤 했다. 그랬던 내가 일 년 반 만에 드디어 요가 매트를 다시 깐 것이다. 내 몸은 아직 후굴이나 신전동작 등 한 번 익힌 적이 있는 모든 체위를 기억하고 있었다. 하지만 아는 체위를 전부 실행에 옮길 수 있는 몸 상태는 아니었다. 그럼에도 불구하고 나는 매일 오후 요가 매트를 다시 끄집어내는 데 성공했다.

모든 정신적 작업은 육체에서 시작된다. 나는 그걸 알고 있었고, 이미 여러 번 경험도 했지만 늘 잊어버렸다. 우리는 몸에 관해 이야기할 때 주로 육체의 표면에 관해 이야기한다. 우리 몸이 어떻게 보이는지, 우리 몸을 어떻게 변화시킬지, 노화로부터 우리 몸을 어떻게 지킬 수 있을지 등등. 영국의 심리치료사 수지 오바크는 오늘날 우리가 스

164

스로 몸을 만들고 꾸미고 최적화해야 하는 대상으로 이해한다고 했다. 오바크에 따르면, 우리는 자기 몸을 완벽하게 만드는 것을 개인적 의무이자 자기 능력의 하나로 여기는 문화적 분위기 속에서 살고 있다.[94] 지난 몇 년 동안 그런 분위기나 그런 분위기를 조장하는 위험한 시각에 맞서기 위해 많은 일이 있었다. 하지만 문제 있는 보디빌더들에 대한 우리의 비판조차 기본적으로는 단지 육체의 표면만을 목표로 삼는다. 육체를 더 아름답게 만들겠다는 압박으로부터의 해방을 주장한다는 뜻이다. 그 문제에서 우리가 기본적으로 잊고 있는 것은 이런 자신의 몸으로 사는 건 어떤지, 우리 몸은 우리에게 어떤 감정 세계를 만들어주는지 등과 같은 내적 경험이다. 올리비아 랭이 그녀의 책《에브리바디》에서 빌헬름 라이히의 심리분석이론을 근거로 제시한 바와 같이, 내적 경험은 모든 것을 좌우할 만큼 우리한테 정말 중요한 경험이다.[95]

매일 오후 요가 연습을 하는 동안 나는 계속 육체적 트라우마라는 개념을 떠올렸다. 트라우마 연구자인 베셀 반 데어 콜크는 탁월한 그의 책《몸은 기억한다》에서 트라우마 경험은 단지 우리의 문화와 역사, 우리의 가족과 우리의 마음만이 아니라 우리 뇌의 생화학적 균형과 우리의 육체 자체에도 그 흔적을 남긴다고 했다. 트라우마는 감각적 인상을 느끼고 처리하는 능력과 감정을 다루는 우리의 능력을 변화시키고, 신경학적 연결과 호르몬 과정, 심장 박동, 면역체계의 작동 방식도 바꿔버린다. 트라우마는 우리한 테서 몸이 스스로를 느끼고 자신의 활력을 인식하는 능력을 앗아갈 수 있다. 반 데어 콜크한테 요가는 우리가 자신의 몸, 자신의 유기체와 다시 교류할 수 있는 방법 중 하나다. 그가 관찰한 바에 따르면, 인생이 힘들 때 특히 회피하는 것, 그리고 문화적으로 조건화된 우리 몸의 표면을 향한 시선이 거부하는 일을 하는 데 도움이 된다. 그건 바로 내면을 들여다보는 것이다.[96]

그 섬에서 요가를 할 때 나는 비슷한 경험을 했다. 매일 오후 한 시간 동안 온라인 요가 강사들의 지시와 설명을 따라 하면서 나는 요가의 아사나와 내 호흡의 흐름에 집중했다. 처음에는 믿을 수 없을 정도로 힘들었다. 제대로 연습해 보지 못한 일이었기 때문이다. 하지만 한편으로는 내면을 들여다보는 것에 대한 나의 두려움도 작용했다. 내 마음속에서 요가를 하도록 부추기는 감정들의 정체를 제대로 이해할 수 없을 것 같았다. 그럼에도 불구하고 나는 요가를 계속했다. 요가는 내 몸을 다시 한번 새롭게 깨닫는 계기가 되었다. 내 몸은 오랫동안 아무것도 느끼지 못했다. 오랫동안 누군가의 포옹이나 애무를 받아보지 못했다. 그래서 나는 오랫동안 내 몸이 요구하는 것들을 무시했다.

처음에는 거의 알아차릴 수 없었지만 요가를 하면 할

수록 나 자신과의 관계가 조금씩 개선되었다. 나는 연습을 통해 나의 한계를 수용하고 받아들이게 되었다. 불편하고 긴장된 상태 또한 결국에는 지나간다는 것, 온갖 어려움에도 불구하고 우리는 내면의 균형을 위해 무언가를 할 수 있다는 것을 이해하게 되었다. 내 몸이 매트 위에서 점점 더 자신을 열고 공간을 받아들이기 시작했다. 그리고 모든 긴장, 거부들, 몸에 축적되어 있는 불안감들, 지난해의 불확실성과 트라우마에서 조금씩 벗어나기 시작했다. 요가는 우리 마음에 그 어떤 치유도, 그 어떤 놀라운 해방도 약속하지 않는다. 하지만 규칙적으로 요가를 하다 보면 어느 순간 자신이 내면의 그림자를 들여다보는 법을 배우고 있다는 것을 깨닫는다. 마음이 아픈 곳 말이다. 며칠, 혹은 몇 주가 지나면 서서히 긴장이 해소되고 감사하는 마음이 생기는 것을 느낀다. 내가 살아온 몸과 내가 살아온 삶에 대한 감사이자 세상의 극적인 상황에도 불구하고 이 모든 것을 가능하게 해준 것에 대한 감사이다.

소로의 《월든》에서부터 다니엘 디포의 《로빈슨 크루소》를 거쳐 고독을 다룬 장 폴 사르트르의 위대한 소설 《구토》에 이르는 근대의 '은거 문학'과 위대한 모험 소설들은 독신생활로 가는 마지막 단계에서 실제로 혼자 사는 경우는 드물다는 것을 보여준다. 소로는 숲으로 들어온 뒤 방랑자들과 자주 대화를 나누었을 뿐 아니라 어머니가 차려주는 밥을 먹기 위해 일주일에 한 번씩 집으로 찾아갔다. 심지어 로빈슨은 외딴 카리브해섬에서 평소 갖고 있던 식민지 판타지를 투영해 볼 수 있는 동반자를 만난다. 사랑에 실망하고 세상에 욕지기를 느끼는 사르트르의 대표적 실존적 주인공 앙투안 로캉탱은 일주일에 한 번씩 하숙집 여주인 프랑수아즈와 아무 말 없이 잠자리를 가졌다. 근대의 은둔형 소설가들한테 포괄적 의미의 완전한 독신생활은 더 이상 불가능하다. 얼마나 열심히 퇴로를 찾는지와 상관없이 기본적으로 그건 어느 누구도 가능하지 않다.

그 점 또한 어느 정도 위로가 된다. 나는 하이퍼디노 슈퍼마켓 직원들이나 여름용 별장의 여주인과 몇 마디 말이라도 나눌 수 있도록 스페인어를 조금 배웠다. 해변에 위치한 이 작은 마을에서도 이메일이 끊임없이 쏟아져 들어왔다. 나는 줌을 통해 자조모임에도 참가했다. 프랑스어 강좌에서 프랑스어 소설을 읽기 위해 한 달에 한 번씩 개최하는 북클럽 모임도 줌으로 진행되었다. 당연히 친구들과도 정기적으로 연락을 주고받았다. 모든 게 통신사와 이메일, 줌, 그리고 소셜미디어 덕분이었다. 그것들은 혼자 사는 나를 위로해 주었고, 섬에서 일상을 살아가는 데에도 도움을 주었다.

물론 이런 매체들에도 위험이 도사리고 있다. 사회학

자 셰리 터클이 그녀의 책《외로워지는 사람들》과《대화를 잃어버린 사람들》에서 그것을 분석해 놓았다. 터클에 따르면 그런 매체들은 우리한테서 혼자 살 수 있는 능력을 앗아가는 대신, 우리로 하여금 끊임없는 관심 전환과 사회적 자극에 익숙해지게 만든다. 그런 매체들은 다른 사람들과 관계를 맺을 때 도움을 주는 게 사실이지만 동시에 관계를 맺은 사람들로부터 거리를 둘 수 있는 가능성도 열어준다. 그 결과 우리는 서로에게 뭔가를 덜 요구하게 되고 진정한 공감과 진정한 관심과 진정한 친밀함이 조금 부족해도 만족한다. 터클에 의하면 현대의 통신매체들은 우정과 친밀함에 대한 요구 없이도 서로 연결되어 있다는 느낌을 제공한다.[97]

나는 터클의 말이 옳은 동시에 옳지 않다고 믿는다. 그녀의 탁월한 분석들은 디지털생활 방식에 대한 우리의 담론을 형성하는 데 기여했다. 그 담론들이 우리 모두가 아는 그 기술들을 다루는 방법을 설명해 주기 때문이다. 하지만 분석 대상이 된 기술들이 쇠퇴하듯이, 기술에 대한 분석들 역시 빨리 쇠퇴한다. 그리고 어느 시점에서는 분석에서 제기하는 주장들이 미디어의 위험에 대한 역사적 주장들과 유사해진다. 소설 읽기가 한창 인기를 끌 때 전화와 라디오가 도입되거나 텔레비전이 발명되면서 생겨난 위험처럼 말이다. 지금까지 새로운 통신 기술은 예외 없이 경고의 대상이 되었다. 그 기술이 우리를 인간다운 존재로 만들어주는 바로 그것을 파괴할 거라는 경고. 이런 성찰이 당대에는 어느 정도 정당성을 가지고 있다. 하지만 역사적인 거리를 두고 보면 그 성찰이 새로운 기술들과 우리의 관계를 설명하는 게 아니라는 사실이 명확해진다. 그건 단지 우리의 일상생활에 새로운 기술들이 도입되고 처음으로 그 기술들을 다루는 기본 능력을 갖추어야 할 시점을 포착한 것뿐이다.

팬데믹 시기에 경험한 바에 의하면 나는 디지털로 연결되는 관계들이 언젠가 우리 인간들의 실제 관계를 대체할 거라는 이야기가 허무맹랑하게 들린다. 전화로 혹은 줌으로 나랑 대화를 나눈 거의 모든 사람이 자신이 제일 그리워한 것은 사람들이었다고 분명히 말했다. 거의 모든 사람이 명확한 격리 상태, 명확한 외로움에 대해 하소연했다. 파트너와 함께 살고 있거나 가정이라는 울타리를 확실하게 구축한 사람들도 예외는 아니었다. 어느 누구 할 것 없이 모두 친구들에 대한 그리움을 토로했다.

그 두 달 동안에 나는 내 상황을 어느 정도 수용하게 되었다. 나는 나의 외로움과 그로 인한 마음의 빈한함을 들여다보는 데 성공한 것 같았다. 그리고 내게 다른 선택의 여지는 없다는 것을 깨달았다. 스스로 선택한 독신생활을 오래 하고 나서야 얻은 깨달음이었다. 팬데믹이라는 예외

적 상황에서 하는 독신생활이 아니라 근본적인 독신생활
말이다.

아마 우리 같은 대부분의 사람에게 다른 선택의 여지
는 없을 것이다. 따라서 설령 원치 않는다고 하더라도 언젠
가는 그것을 수용하는 법을 배워야 할 것이다. 적어도 철학
자 오도 마쿼드는 그렇게 확신했다. 그에 따르면, 외로움의
핵심은 그로 인한 고통이 아니라 외로움을 다스리는 우리
의 능력, 즉 '외로움 처리 능력'이다.[98] 마쿼드는 '혼자 살 수
있는 힘' '혼자인 것을 견딜 수 있는 능력' '외로움을 긍정
적으로 받아들일 수 있는 삶의 지혜'가 있을 때 비로소 정
말로 자기 자신과 다른 사람들을 만날 수 있는 가능성이 열
린다고 했다.

진실은, 고통의 감정들 역시 우리를 위해 무언가 선물
을 준비해 놓았다는 것이다. 그것을 보는 건 힘들다. 그리
고 고통의 감정들에 사로잡혀 그것으로부터 도망치기 위해
안간힘을 쓸 때는 그 감정들을 쉽게 포기할 수 있다. 하지
만 때때로 고통의 감정들은 우리가 다른 곳에서는 배우지
못한 것들을 우리에게 가져다준다. 심리학자 클라크 E. 무
스타카스는 외로움이 그것이 가져다주는 공포에도 불구하
고 항상 매우 긍정적인 무언가를 가지고 있다고 했다. 우리
삶에 사랑하는 사람들이 있음에도 불구하고 우리는 근본
적으로 외로운 존재라는 사실을 통찰할 때 비로소 우리는

자기 자신을 인식하게 된다.[99] 이걸 깨닫지 못하면 우리는 우리 자신과 우리의 삶을 전혀 책임질 수 없디. 자기 사신과 좋은 관계를 맺을 수도 없고, 실제로 자기 자신을 보살필 수도 없다. 무스타카스는 만약 우리가 실존적 외로움 앞에서 자신의 마음을 너무 닫아버리면, 또한 우리가 외로움을 그냥 밀어내고 부인하기만 하면, 우리는 내적 성장을 이룰 수 있는 중요한 방법을 차단하는 거나 마찬가지다.[100] 다른 말로 하면, 외로움을 경험하는 것은 다른 방법으로는 결코 도달하지 못하는 자기 인식의 한 형태라 할 수 있다. 외로움에 수반되는 고통이 우리 마음속에서 자기 자신과 다른 사람에 대한 새로운 종류의 공감을 발견하게 해주고, 새로운 인생 행로들을 열어주고, 외로움을 경험하지 못했다면 일어나지 않았을 내적 논쟁들을 하게 만든다. 그런 고통 없이 우리는 다른 사람에게 가까이 다가갈 수도 없고, 다른 사람을 사랑할 수도 없다.

외로움의 긍정적 체험은 이 감정의 절망적 이면과 마찬가지로 우리의 인간다움을 구성하는 핵심 요소다. 이미 기독교 신비주의자들이 외로움의 체험을 환영한 바 있다. 그 체험이 그들이 믿는 신과 특별한 친밀감을 형성하도록 도와주기 때문이다. 미셸 드 몽테뉴 역시 혼자 사는 것을 높이 평가했다. 그에게는 혼자 사는 것이야말로 몹시 친밀한 형태의 독백이 이루어질 수 있는 토대였다. 그의 에세이

〈홀로 있음에 관하여〉에는 이렇게 적혀 있다. "우리는 모양이 아주 다채로운 영혼을 갖고 있다. 그 영혼은 자기 자신과의 교류에 만족한다. 또한 그 영혼은 아주 풍요롭기 때문에 대립되는 것들이 그 안에서 서로 공격하거나 방어하기도 하고, 선물들을 서로 주고받을 수도 있다."[101]

몽테뉴를 잇는 수많은 철학자가 자기 인식에 가능했던 이유는 바로 이런 형태의 외로운 독백이었다. 한나 아렌트에 따르면, 외로움 없이는 묵상하는 삶vita contemplativa이란 존재하지 않는다. 사유 자체를 할 수 없기 때문이다. 한나 아렌트가 그녀의 책《정신의 삶》에서 썼듯이, 활동적인 삶과 세상으로부터 능동적으로 물러나야 비로소 그 공간에서 '의미-찾기'와 '자기 자신 생각하기'가 가능해지고, '보이지 않는 존재'와 대화할 수 있는 여지도 생긴다.[102] 에마뉘엘 레비나스 또한 '실존적인 외로움' 속에서만 자아의 한계를 깰 수 있는 가능성이 생긴다고 했다. 이 철학자는 혼자 사는 실존적 경험을 통해서만 우리는 비로소 타인의 '얼굴'을 직접 대면할 수 있다고 했다. 그리고 그 경험을 통해 우리는 타인이 나름의 인간적 약점과 차이를 가진 존재라는 사실을 받아들이게 되며, 그럼에도 불구하고 타인은 결코 완벽하게 파악할 수 없는 존재라는 사실을 이해하게 된다고 했다. 고독을 경험하지 못한 사람은 자아의 한계에서 벗어날 수 없고, 타인들과 진정한 관계를 맺을 수도 없다.[103]

그 섬에서 두 달을 보내는 동안 나는 모든 일이 단순히 철학적 이론 이상이라는 것을 이해하기 시작했다. 거기서 보낸 나날은 내게 일종의 자기 구제의 시간이었다. 내가 그 정도로 자기 구제를 인정한 적은 한 번도 없었다. 그런데 뜻밖에도 내 삶에 정말로 확실한 평온이 찾아왔다. 나는 독서와 글쓰기, 요가, 오랜 산책, 저녁의 스페인어 수업, 섬의 황량한 경관, 작열하는 태양, 폭풍이 몰아치는 바다 등의 소소한 일상을 즐겼다. 새삼스레 나 자신에 대해 무언가를 배우고 있다는 느낌이 들었다. 마치 나의 새로운 일면을 발견한 것 같았다.

어떤 의미에서 지금까지 보고 싶지 않았거나 볼 수 없었던 나 자신의 이기주의를 깨뜨리기 위해서는 이 외로움의 단계가 꼭 필요했다. 나는 버려졌다는 감정이 너무 강렬해서 친구들을 생각할 때면 늘 그들에 대한 일말의 비난이 여운처럼 남아 있었다. 그건 하필 이런 시기에 친구들한테 버림받았다는 무의식적인 분노였다. 내가 그들의 상황을 이해하려 애쓴 것과는 아무 상관이 없었다. 나는 늘 기대했던 것만큼 친구들에게 의지할 수 없었다는 사실을 인정할 수 없었다. 지금처럼 예외적 상황이 오래 지속될 때는, 설령 내게 애인이 없어도 내 인생이 혼자는 아니야,라는 생각이 쉽게 실현될 수 없다는 것을 선뜻 받아들일 수 없었다.

그러다 어느 날 문득, 지난 몇 달 동안 나 자신을 너무 많이 들여다보고, 나 자신의 두려움과 문제에 너무 오랫동안 몰두하느라 나와 가까운 사람들이 어떤 두려움과 문제에 직면해 있는지에 둔감했다는 사실을 깨달았다. 아마 그들도 나와 똑같은 상황이었을 것이다. 우리는 각자 어떤 식으로든 우리를 힘들게 만들고, 우리 내면의 불빛을 자기 자신에게 향하도록 만드는 이 상황을 해결하기 위해 고군분투했을 것이다. 그래서 어쩔 수 없이 사랑하는 사람들의 삶에 덜 주목했을 것이다. 그러고 싶어서 그랬던 게 아니고, 나쁜 의도로 그런 것도 아니고, 우리가 나쁜 사람이라서 그런 것도 아니었다. 그냥 우리가 사는 세상이 그렇게 변해버리는 바람에 갑자기 그렇게 할 수밖에 없었던 것이다.

그제야 비로소 어쩌면 우정의 유일한 원칙을 깨뜨린 것은 바로 나였을지 모른다는 것을 명확히 깨달았다. 우정은 사회적 강요나 제도화된 의무가 아니라 자유를 바탕으로 한 관계이다. 친구는 나 자신의 소망과 기대, 혹은 요구에 따를 필요가 없다. 우리는 친구에게 아무것도 요구해서는 안 된다. 이 놀라운 자유야말로 친구 관계가 유지될 수 있는 조건이다. 나는 자크 데리다가 우정의 사랑 선언이라고 했던 바로 그것을 무시했다. "나는 너를 떠날 거야. 나는 그렇게 하고 싶어."

섬에서의 체류가 끝날 무렵 나는 이전보다 컨디션이

훨씬 좋아졌다. 육체적으로도 그걸 느낄 수 있었다. 그래서 이제 훨씬 더 가벼운 마음으로 세상으로 들어갈 수 있었다. 섬을 떠나는 날 아침에 거울을 보니 햇볕에 그은 얼굴이 나를 마주 보았다. 얼굴이 약간 더 갸름해졌고 처음 왔을 때보다 얼굴 윤곽도 더 뚜렷해져 있었다. 눈가에서 전에 없던 주름살이 몇 개 눈에 띄었다. 몇 분 동안 나는 뚫어져라 내 얼굴을 쳐다보며 그 형태를 관찰했다. 그러다 손가락으로 피부를 살살 문지르며 주름살을 폈다. 그런데 서서히 당혹감이 물러가고 평온함이 찾아오고 있다는 것을 문득 깨달았다. 주름살 따위는 아무래도 좋았다. 주름살은 내 모든 경험의 표식이었다. 주름살은 나의 경솔했던 행동들과 작년의 모든 심리적 기복의 표식이었다. 그리고 끝끝내 버텨내 이제는 지울 수 없는, 내 삶의 일부가 된 현실의 흔적이었다. 주름은 내 얼굴에 아주 잘 어울렸다. 심지어 주름이 아름다워 보일 정도였다.

결별

나는 봄을 맞은 베를린으로 돌아왔다. 하지만 아직 봄
기운이 겨울의 추위와 어둠을 완전히 몰아내지는 못했다.
거리와 공원들, 도시의 광장들은 여전히 몽롱한 반수면 상
태에 빠져 있는 듯했지만 지면 아래에서는 봄기운이 약동
하고 있었다. 일상적 만남은 나의 감정적 불균형을 노출할
수 있었다. 아직은 거기에 잘 대처하는 방법을 모른다. 인
간 관계에 대한 감각이 집단적으로 실종된 것 같았다. 다른
누구보다 팬데믹을 잘 이겨내는 법을 알고 있다는 사람들
이 도처에 있었다. 정치 조처들로 인해 피해를 입었다고 믿
는 사람들도 있었다. 그들은 그 조처들이 단지 자기 또래나
비슷한 처지의 가정들, 혹은 같은 직업 종사자들한테만 짐
을 지웠다고 했다. 일 년 전까지만 해도 정기적으로 '연대
의식'을 촉구했다면 이제 그런 이념은 공개 토론에서도 거

의 사라졌다.

역사상 최초로 겨우 일 년 만에 위험한 바이러스의 백신이 개발되었다. 하지만 상상도 못 했던 의학적 발전에 감사하는 마음 대신 절망감만 커졌다. 몇몇 소수의 국가만 자국민들한테 더 일찍, 그리고 더 빨리 백신을 접종시키는 데 성공했다는 소식 때문이었다. 세상이 최고의 특권을 가진 사람들한테 맞춰서 돌아가는 것에 너무 익숙해진 나머지 사람들은 자신이 두 번째 계급으로 밀려나는 걸 참지 못하는 듯 보였다. 그럼에도 불구하고 다시 희망의 빛이 하늘을 뒤덮은 잿빛 구름을 뚫고 나왔다.

나는 베를린에 도착한 그날 곧바로 테라스의 화분들을 살펴보았다. 화분을 감싸고 있던 보호대를 벗겨내고 거름도 주고 물도 줬다. 키 작은 월계수나무와 유자나무를 가지치기한 뒤 반점이 생긴 제라늄과 함께 다시 밖으로 내놓았다. 키 큰 검은대나무가 한겨울의 추위를 이겨내고 살아남은 것을 보니 마음이 한결 가벼워졌다. 검은대나무의 새싹 몇 개는 냉해를 입었지만 살아 있는 잎눈들도 여기저기 보였다. 몇 주만 지나면 새싹이 싹틀 것이다. 전호와 파슬리는 이파리들을 수확할 수 있을 정도였다. 쑥, 구릿대, 스위스민트도 싹을 틔웠다. 스스로 씨를 퍼뜨리는 시소의 씨앗들도 이미 싹이 텄다. 온통 두꺼운 꽃봉오리들로 뒤덮여

180

있는 자두는 며칠 지나면 꽃망울을 터뜨릴 테고, 그럼 매우 아름다운 부드럽고 차분한 분홍색 포피에 둘러싸인 자두나무가 베를린 하늘을 향해 쭉쭉 뻗어나갈 것이다.

나는 질비아한테 전화해 일 년 반 동안 우리가 함께 개간했던 반틀리츠의 정원이 지금 어떤 상태인지 물었다. 대도시의 미기후 문제 말고는 식물의 경우 아직 상대적으로 여유가 좀 남아 있었다. 하지만 이곳에서도 벌써 향후 몇 주간 날씨와 분위기가 바뀔 것 같은 조짐이 나타나고 있었다. 각종 장미가 벌써 활짝 피어 자태를 뽐내고 있었고 갈란투스가 여기저기서 피어났다. 예전에 함께 심어놓았던 노란색, 파란색, 진보라색 줄무늬의 크로커스가 땅을 뚫고 올라왔다.

작년에는 그 정원을 몇 번밖에 볼 수 없었는데, 둘러볼 기회가 올 때마다 몹시 기뻤다. 1월에 처음으로 상아색 꽃을 보여준 인동덩굴부터 시작해 제일 마지막으로 코스모스와 아네모네, 과꽃에 이르기까지 그 정원에는 늘 무슨 꽃인가 피어 있었다. 그 꽃들은 브란덴부르크 지방의 잿빛 풍경을 11월까지 반짝거리는 분홍색과 담자색과 진홍색이 어우러진 수채화로 만들어 주었다. 아이리스, 튤립, 카프카스 물망초는 거의 인상파 화가의 그림처럼 보였다. 작약과 디기탈리스, 데이지가 화려한 자태를 한껏 뽐냈고, 생기 있는 아스틸베, 협죽도, 해바라기, 달맞이꽃, 키 큰 야생화, 회양

목 등이 그 뒤를 이었다. 정원은 살아 있었고, 성장했고, 숨을 쉬었다. 또한 그 정원은 미완성이었고 아름다웠다.

몇 년 전 어느 지인이 내게 사람은 해결되지 않는 문제들과 함께 사는 법을 배워야 한다며 자꾸 가르치려 들었다. 마치 자기최면에 걸린 사람처럼 만나기만 하면 그 말을 하는 바람에 나는 오히려 반감이 들어 제대로 듣지 않았다. 모든 문제는 모름지기 충분히 노력하고 스스로 방법을 찾고 제대로 된 발걸음을 내디디고 최선을 다하면 잘 해결될 수 있다고 믿었다. 그런데 팬데믹의 압박 속에서 비로소 그가 무슨 말을 하려던 건지 이해할 수 있었다.

오드리 로드가 통찰력을 갖게 된 것은 암에 걸린 뒤였다. 그녀는 《빛의 폭발: 암과 함께 살아가기》에서, "그 상황을 부인하지도, 그 뒤에 숨지도 않고 불확실한 상태로 계속 살아가야 하는 건 정말 받아들이기 힘든 일 가운데 하나다"라고 했다. 그러니 이런 불확실한 소식을 듣고도 무기력해지지 않고 그 소식들에 귀를 기울이고 계속 삶을 이어나가는 방법을 배워야 한다. 그 방법이란 모든 것에도 불구하고 아직 일어나지 않은 것에 정착하지 않는 것이라고 했다. 물론 사람은 어떤 식으로든 미래를 믿어야 하고 미래를 위해 일해야 하지만 삶을 온전히 다 쓸 수 있는 것은 단지 현재뿐이라는 것이다.[104]

봄이 가는 동안 내 테라스에서 자두꽃과 라일락꽃이 시들었고 담홍색 재스민과 잎이 빨간 딱총나무 꽃이 떨어졌다. 꽃들이 피고 지는 동안 지인과 로드의 말이 문득문득 머리에 떠올랐다. 이어서 파인애플 세이지와 레몬나무, 향신료용 전륜화, 왜당귀, 라벤더가 하늘을 향해 무럭무럭 자랐고 제라늄은 밝고 정교한 꽃무리를 이루었다. 날씨가 좋으면 여름 내내 꽃무리가 유지될 것이다. 도시의 나무들은 짙은 녹음을 이루었다. 몇 주 전만 해도 황량하다 생각했던 게 황당하게 느껴질 정도였다. 한 해 중 가장 목가적인 풍경으로 접어들고 있었다. 단독주택들의 앞마당과 자그마한 화단들, 그리고 모든 공원이 화려한 꽃 양탄자로 뒤덮었다. 산책을 하고 있으면 자꾸 새로운 향기가 코끝에 감돌았다. 그러는 사이에 이제 어디서나 쉽고 간단하게 바이러스 검사를 할 수 있게 되었고, 그 덕분에 우리의 일상이 훨씬 간편해졌다. 갈수록 많은 사람이 1차 백신을 접종했고, 2차 접종까지 마친 사람들도 꽤 있었다. 나 역시 1차 백신 접종 후 좀 더 안전해졌다는 느낌을 갖고 일상생활을 하게 되었다.

이 시대가 앞으로 어떻게 될지 말할 수 없지만 무언가 새로운 것이 시작되었다. 정말 많은 사람이 아팠다. 그 많은 사람이 계속해서 그 질병에 걸려 손상을 입었다. 그리고 수많은 사람이 죽었다. 게다가 수많은 사람이 그 질병에 대해 거의 공개적으로 말을 할 수 없었다. 그건 아마 사람들의 죽음이 너무 생생해서 마주하기가 힘들었기 때문일 것이다. 백신 접종으로 얻은 면역력이 과연 얼마나 지속될지, 이 면역력이 미래의 변종 바이러스에도 효과가 있을지 판단할 수 있는 사람이 아무도 없다. 대부분의 전문가는 상대적으로 긴장이 풀리는 여름이 다가오면 바이러스가 자꾸 새로운 감염원이 되거나 규모가 작은 국지적 감염병을 더 확산시킬 수도 있다고 예상했다. 사람들은 이 감염병도 독감처럼 매년 새로운 백신을 접종하게 될 거라는 사실을 받아들였다. 한 가지 확실한 것은 언제든 전염이 더 빠르고 더 치명적인 변종 바이러스가 나와 이 모든 예측을 무너뜨릴 수 있다는 것이다.

나는 뉴욕에서부터 알고 지내는 친구로 얼마 전 이혼한 프레데릭과 함께 베를린 교외에서 긴 산책을 했다. 또 질비아가 베를린에 왔기에 수년 전 우리가 함께 살았던 거리에서 그리 멀지 않은 곳에 있는 우리의 단골 미용실을 찾아갔다. 친구 커플인 크리스토프와 군나르는 같이 국경 수로 근처를 산책할 겸 마늘 소스를 곁들인 레바논식 치킨 바비큐를 먹자며 나를 데리러 왔다. 지나가는 길에 내 집에 들른 마리는 욕실에 새로 구입한 대형 거울이 달린 수납장을 조립하고 설치하는 것을 도와주었다. 나는 아침에 더 깨끗한 거울로 내 모습을 보고 싶었기 때문에 도움을 서설하지 않았다. 새 주름살도 생기고 귀밑머리도 희끗희끗해지고 체형도 많이 변한 내 모습 말이다. 나는 부모님과 형제들을 방문할 계획도 세웠고, 다시 전시회도 보러 갔다. 시내의 콘서트홀, 오페라극장, 연극무대, 극장 등이 조만간 다시 문을 열 거라는 반가운 소식도 들렸다. 거의 일 년 만에 저녁 식사에 초대받았을 때는 무슨 메뉴를 선택할지 고민했다. 이따금 길에서 남자들이 내게 추파를 던질 때는 가벼운 미소로 응할 정도의 여유도 생겼다. 나는 다시 사람들을 포옹하기 시작했다.

　　팬데믹의 문지방 시간이 이제 거의 종점에 이르렀다. 지금 우리가 처해 있는 부유浮遊의 시간이 끝나가고 있다는 뜻이다. 지나간 시간을 잊은 채 새로운 자유를 만끽하고 마치 팬데믹이 실제로 존재하지 않았던 것처럼 행동하려는 욕구가 사방에서 분출되고 있다. 하지만 이런 욕구들을 충족하려는 모든 시도는 단지 불확실한 새 시대가 열렸다는 사실을 은폐하는 것일 뿐이다. 대부분의 사람이 바라는 '일상으로의 귀환'은 아직 요원하다. 그러니 우리는 문제와 더불어 살아가는 법을 배워야 한다. 성공적인 많은 조치에도 불과하고 아직 핵심적인 문제는 해결되지 않았고 앞으로도 아마 미해결로 남을 것이다.
　　대부분의 부유한 나라들은 의료시스템으로 일단 바이

러스의 도전을 막아냈다. 하지만 어딘가 다른 곳에서는 팬데믹이 지속적으로 맹위를 떨쳤다. 사망자 숫자가 늘고 새로운 변종 바이러스들이 생긴 탓이다. 유럽과 미국과 중국은 오랫동안 아무것도 안 한 채 그 사태를 그냥 지켜보기만 했다. 조만간 자기들 나라에서도 변종 바이러스가 확산될 게 분명한데도 말이다. 그것과 별개로, 미지의 바이러스가 인간한테 전염되는 주요 통로인 자연 서식지 파괴는 계속되어 왔다. 어쩌면 조만간 훨씬 더 통제하기 힘든 바이러스로 인해 새로운 팬데믹이 발생할 수도 있다.

또한 팬데믹 이전에 우리를 괴롭혔던 다른 많은 문제도 사라진 게 아니라 더 심각해졌다. 무수한 사회적, 경제적, 생태학적 문제들에 책임이 있는 신자유주의의 재분배 열차는 지난 일 년 반 동안 벌어진 사건들로 인해 진행 속도가 더 빨라졌다. 많은 사람이 갈수록 더 가난해지는 동안 이 세상 최고의 부자들은 일련의 사건에서 이득을 취하고 상상도 못 할 만큼의 부를 쌓아 올리는 데 성공했다. 여러 지정학적 발화점들이 다시 부글부글 끓으며 위험해지기 시작했다. 우리는 점점 더 많은 사람이 세상의 다른 곳으로 도망쳐야 한다는 사실을 무시했다. 여러 곳의 숲에서 대형 산불이 발생하고 강들이 범람하고 열대우림이 기록적 속도로 계속 줄어들고 있다. 남극의 오존 구멍이 다시 더 커졌고 이제까지 측정된 빙산들 가운데 가장 거대한 빙산이 그

린란드에서 떨어져 나왔다. 많은 기후연구자가 이미 엄청 난 기후위기가 시작됐다고 경고했고 지구온난화로 인한 극단적 기상 상황, 우리 삶에 매우 중요한 해류의 변화, 해수면 상승 등이 이미 제어할 수 없는 수준에 이르렀는데도 사람들은 그걸 무시했다.

팬데믹이라는 문지방 시간은, 우리 자신이 인류학자 아르파드 서콜처이가 아주 적절하게 표현한 바 있는 '영구적 전이 상태' 속에 살고 있다는 사실을 깨닫지 못하게 만들었다.[105] 우리 일상에서 당연하게 여겼던 많은 것들이 앞으로 계속 사라질 게 분명해졌다. 자주 소환되는 표현인 '정상생활의 종말'은 이미 수년 전에 시작되었다. 우리는 이제 과도기를 통과했다. 그런데 과도기에서 출구는 안 보이고 우리의 온갖 상상들만 흘러넘쳤다.

영구적 전이 상태는 사회적 문제이자 개인적 문제다. 그건 우리의 내적 생태계를 혼란에 빠뜨리고, 우리의 정서 반응을 왜곡시키고, 비현실적 감성을 증대시켜 우리의 삶을 역설적으로 느끼게 만든다.[106] 나의 일상이 더 자유롭고 더 가벼워졌음에도 불구하고 역설적인 이 느낌은 영 사라지지 않았다. 이런 느낌은 롤랑 바르트가 심리분석가 도널드 위니컷과 대담할 때 언급했던 '시작된 것에 대한 공포'와 '이미 시작된 붕괴에 대한 공포', 바로 그것이었다.[107] 내 이해력이 사건들을 제대로 쫓아가지 못하고, 내가 두려워

187

하는 것들은 이미 오래전에 현실이 되어버린 듯한 인상을 받았다. 팬데믹이 미래에 우리를 기다리고 있는 변화를 이미 예고해 주었나는 것을 알면서도 나는 그걸 인정하고 싶지 않았다. 사실 예고만으로도 막대한 비용과 너무 많은 대가를 치러야 했기에 그건 단순한 경고 이상이었다. 우리는 오래전부터 세상의 종말에 관한 이야기를 알고 있었다. 팬데믹은 친숙한 그 이야기가 실제로 어떤 모습으로 나타날 수 있을지를 일게 해주었나. 어떤 면에서 팬데믹은 기존에 존재하던 것들의 붕괴이자 파멸이었다.

그 무렵 나는 예전 메모들을 정리하다가 어떤 목록이 적힌 종이를 한 장 발견했다. 이삼 년 전쯤 심리치료를 받을 때 작성했던 목록이다. 당시 심리치료사는 내게 개인적으로 꿈꾸는 미래의 모습을 적어보라고 권했었다. 거기에 베를린 근교의 어느 낡은 농가에서 살고 싶다고 적혀 있었다. 혼자가 아니라 사랑하는 사람과 함께, 관심사가 같고 끊임없이 대화를 나눌 수 있고 서로를 욕망하는 그런 사람과 함께. 또한 개방적인 집이 되어야 한다고도 적혀 있었다. 늘 손님이 앉을 자리와 풍성한 식사가 준비되어 있는 그런 공간. 집에 딸린 정원에서는 구입하기 힘들거나 그 자리에서 수확해서 먹으면 훨씬 맛이 좋은 채소와 과일을 키울 거라고 했다. 예를 들어 오디, 버찌, 살구, 다양한 품종의 복숭아, 치커리, 콩 같은 거. 노후 대비와 편안한 삶을 위해 글쓰기로 돈을 많이 벌고 싶다고도 적혀 있었다. 또한 이 인생의 전체적인 의미와 이 인생에서의 내 위치를 의심하지 않을 것이라고 했다.

　순간 마법에 걸린 사람처럼 나는 종이를 쳐다보면서 한 문장씩 또박또박 읽어 내려갔다. 지금 내 손에 들려 있는 게 바로 나의 모호한 손실들 목록이라는 생각이 문득 머리를 스쳤다. 그 목록은 오래전부터 내가 품고 있던 소망과 희망의 변종이었다. 다른 많은 사람도 가졌을 법한 그런 소망들. 데보라 레비가 그녀의 책《부동산》에서 간단히 '비현실적 부동산'이라고 했던 바로 그것들의 목록이었다. 그건 상상 속 비현실적 부동산의 증거들이었다. 그 에세이 소설에서 가장 감동적인 대목 하나는 그녀가 한 친구와 자신의 상상 속 부동산에 관해 이야기하는 장면이다. 선착장과 보트, 석류나무와 함수초가 있는 지중해 어딘가의 호숫가 저택. 그녀는 자신이 평생 그런 집을 소유했다고 말한다. 친구가 그녀에게 그건 너무 무거운 상상이 아니냐고, 그럴 바엔 차라리 그 상상에서 벗어나는 게 더 낫지 않겠느냐고 묻는다. 레비의 대답은 이랬다. 만약 자신에게 그런 집이 없다면, 즉 상상하며 기뻐할 수 있는 미래의 삶이 없다면 자신은 내면적으로 무너졌을 거라고.[108] 나는 그 말이 무슨 뜻인지 알 수 있었다.

나는 오랫동안 넓은 정원이 있는 커다란 농가 주택에서 누군가와 함께 사는 인생의 판타지를 품고 있었다. 하지만 나의 일부는 목록을 작성할 때 이미 거기에 적힌 모호한 손실들에 대한 애도가 시작되었다는 것을 알고 있었다. 그로부터 몇 주 뒤에 나는 치료를 중단했다. 그 목록에 대해 나눈 대화 때문이었다. 심리치료사는 내가 간절히 원하고 그것을 위해 최선의 노력을 기울인다면 언젠가 그런 삶을 살 수 있다는 식으로 나를 설득하려 했다. 어떤 면에서 그게 그의 목적이었다. 로렌 벌랜트가 '잔인한 낙관주의'라고 했던 바로 그 감정을 내 마음속에서 되살리는 것 말이다. 나는 자신의 삶을 통제할 수 있다는 자신감을 불어넣어 주는 게 우울증 치료의 기본이라는 것을 알고 있었다. 그러니 심리치료사는 제 일을 했을 뿐이다. 그런데도 나는 그런 태도가 망상처럼 느껴졌다. 그리고 갈수록 실현 가능성이 희박해지는 나의 상상들이 갖는 의미를 한번 점검해 봐야 할 시점에 이르렀던 것이다. 아무래도 나는 그 상상들과 완전히 결별해야 할 것 같았다.

그런데 심리치료사는 내 생각을 이해하지 못하는 듯했다. 그는 자신의 세계관이 옳다고 믿었고, 그게 갈수록 더 심해졌다. 그는 실제로 우리가 자신의 삶을 통제할 수 있고, 대부분의 꿈을 실현할 수 있다고 확신했다. 나는 그런 부류의 사람들이 어떤지 좀 알고 있었다. 나의 몇몇 여자 친구와 지인들이 그런 부류에 속했다. 그들은 기본적으로 자신의 소망들이 충족될 거라고 믿었다. 하지만 그런 믿음이 실은 그들이 가진 특권 덕분에 유지될 수 있다는 사실을 인지하지 못했다. 그런 믿음은 단지 우리나라의 특정한 사회계층에만, 특정 지역 출신의 사람들한테만, 특정한 피부색과 특정한 성적지향을 가진 사람들한테만, 그리고 전기적이고 심리적으로 특정한 조건을 가진 사람한테만 갈수록 더 강화되고 있다는 사실을 깨닫지 못했다. 나는 그런 부류가 아니었고, 이제는 그런 부류에 속하고 싶지도 않았다.

그 목록을 계속해서 들여다보는 동안 내게 떠오른 의문은 이런 거였다. 이런 게 없는 나는 누구일까? 그런 꿈들을 실현하지 못한 나의 삶은 어떻게 보일까? 오랫동안 모호한 손실 문제와 씨름해 온 폴린 보스는 거듭해서, 사람들은 놀라울 정도로 저항력이 강하다고 단언했다. 그녀가 전하는 핵심 메시지 중 하나는, 우리는 우리의 존재를 결정하는 양가감정을 가지고도 충분히 살아갈 수 있다는 것이다. 보스에 의하면, 때때로 우리는 자신의 문제에 대해 그 어떤 해결책도 찾지 못한다. 애초에 해결책이 존재하지 않기 때문이다. 때때로 모호함은 처리가 안 될 수도 있고, 생각에서 지워질 수도 있고, 치료가 안 될 수도 있다. 때때로 시급한 의문들이 답을 못 찾을 때가 있다. 애초에 답이 없기 때문이다. 그럴 때 우리가 해야 할 것은 모호함을 받아들이고, 그걸 인정한 상태에서 새로운 가능성을 찾아보는 것이다. 비록 모호한 손실들이 트라우마가 될 수도 있겠지만 우리는 자신의 삶을 만족스럽게 만들 수 있다. 보스한테 그건 방임이나 금욕주의, 혹은 순응이 아니라 내면의 자유를 확립하는 것과 관련이 있다.[109] 우리는 모든 것을 "극복해야 한다"는 전제 아래 삶을 살아간다. 그런데 그게 잘 안될 때가 많다. 따라서 우리는 종종 이런 전제로부터 결별하는 방법을 찾아야 한다.

내가 사랑하는 정원이자 내게 가장 큰 감동을 준 정원은 내가 그토록 존경하는 피트 아우돌프의 작품이 아니다. 그 정원은 장 바티스트 드 라 캥티니, 칼 포에스터, 또는 비타 색빌웨스트의 정원들이 가진 고전적 아름다움과는 거리가 멀다. 영국 켄트 지방, 런던에서 남동쪽으로 두 시간 거리인 던지니스에 있는 그 정원은 평평한 해안가에 자리하고 있는 원자력발전소 인근, 도버해협의 자갈투성이 백사장으로부터 이삼백 미터 정도 떨어진 곳에 있다. 그 정원은 '프로스펙트 코티지'라는 이름의, 샛노란 창틀을 가진 검은색 오두막에 딸려 있다. 동성애자 화가이자 영화제작자 데릭 저먼이 만든 오두막이다. 런던의 친구 앤드류와 나는 팬데믹이 시작되기 일 년 전, 그곳을 방문했다.

저먼은 1986년 영화의 사전 조사 차 그곳을 방문했다가 우연히 프로스펙트 코티지를 발견했다. 당시 그는 이미 HIV에 걸려 있었고, 그로부터 팔 년 뒤 사망했다.[110] 원예가들에게 던지니스의 조건은 단순히 열악하다는 표현으로는 부족하다. 경치는 황량하기 그지없고, 자갈투성이 토양은 대부분의 정원 식물들에게 너무 건조한 데다가 양분도 부족했다. 소금기가 묻어 있는 바람과 강한 햇볕은 나뭇잎들을 말라 죽게 만들었다. 어느 친구의 도움으로 저먼은 가축 분뇨를 거름으로 사용해 토질을 개선한 뒤 오두막 뒤편에 높은 화단과 벌집을 만들었다. 그리고 온갖 종류의 식물들을 테스트해 거친 날씨에 맞서 어떻게 식물들을 보호해야 할지 알아냈다. 처음에는 연약한 찔레꽃과 잎이 빨간 십자화 등 야생식물 군락지로 시작됐던 것이 세월이 흘러 가시금작화, 금잔화, 노란 장미, 들장미, 접시꽃, 개양귀비, 라벤더, 히솝, 아칸서스, 회향, 캐러웨이, 작은 무화과나무 등이 만개한 엄청나게 아름다운 정원으로 발전했다. 나무와 꽃들 사이에는 저먼이 산책하다가 해변에서 발견한 떠내려온 나무토막이나 금속, 돌덩이 등으로 만든 조형물들이 있었다.

저먼이 이 계획에 헌신하게 된 계기는 그의 질병과 곧 닥쳐올 죽음이었다. 하지만 프로스펙트 코티지는 단순히 가장 열악한 사회적 조건 속에서 동성애자로서 살아온 그의 인생의 상징만은 아니었다. 그건 상징 그 이상이었다.

죽음을 맞기까지 몇 년간의 삶을 기록한 그의 일기《모던 네이처》에서 그는 그 황량한 해안 풍경이 어떻게 그의 마음을 사로잡았는지, 또 그의 정원이 어떻게 세상의 모든 '악마 같은 디즈니 월드'로부터 그를 구해주었는지 설명했다. 에이즈 위기, 숲의 황폐화, 오존 구멍, 온실효과, 체르노빌 재앙, 냉전의 정점을 향해 치닫는 핵 위협 등이 그의 마음속에서 종말이 다가오고 있다는 위기감을 불러일으킨 것이다. 그는 몇 톨의 씨앗, 몇 개의 꺾꽂이용 나무와 뿌리, 떠내려온 몇 개의 나무토막들로 임박한 세계 종말에 대한 자신의 느낌을 예술로 표현하기 시작했다. 그리고 그걸 통해 종말에 대한 공포를 어느 정도 완화시킬 수 있었다.[111]

나는 해결할 수 없는 문제들과 답이 있을 수 없는 의문들을 품은 채 세상을 살아가는, 이보다 더 좋은 삶의 사례를 알지 못했다. 저먼은 의미가 사라진 세상에서 의미를 창조했다. 또한 그는 확신이 거의 없던 시대에 굳건한 확신을 갖고 있었다. 오드리 로드와 대화하기 위해 그는 자신의 삶을 규정하고 있는 불안정이 주는 메시지에 귀를 기울였다. 그는 결코 불안정한 삶에 위축되거나 주눅 들지 않았다. 그는 현재를 최대한 활용했다. 원자력발전소와 임박한 죽음의 그림자 속에서 그는 불안정한 미래에 맞섰고, 자신의 삶에서 겪은 모호한 손실들 가운데 많은 것과 결별하는 데 성공했다. 비록 다른 징후들과 다른 기준들 속에서 살지만 나

역시 그와 비슷한 시도를 해야 했던 게 아닐까, 하는 의문
이 떠올랐다.

여전히 내 손에는 미래에 대한 판타지 목록이 담긴 종
이가 들려 있었다. 아름다운 판타지 부동산에서 누군가와
함께하는 삶 말이다. 미국에 있을 때 색깔이 너무 예뻐서
챙겨온 메모장에서 뜯어낸 종이였다. 네이플옐로우색 바탕
에 담청색 가로줄이 있고 가장자리에는 수직으로 가느다란
빨간색 선이 그어진 그 종이에 남색 펜으로 쓴 나의 단정한
손 글씨가 있었다.

살아가기 위해 우리가 자신에게 하는 모든 이야기 사
이에는 침묵의 순간들이 존재한다. 또한 그 이야기들이 우
리의 관점을 왜곡하고 스스로 감옥을 만든다는 사실을 깨
닫고 그걸 버리려 하는 모든 시도 사이에도 침묵의 순간이
존재한다. 그때 나는, 지금 그런 순간 하나를 경험하고 있
구나,라는 생각이 들었다. 그건 엄청나게 개방적인 순간들
이다. 그 순간에는 모든 게 가능한 동시에 모든 게 불가능
해 보인다. 혼란과 실망, 확신과 무지의 순간인 동시에 알
필요가 없는 순간이며, 때때로 새로운 방향을 찾기 위해 제
대로 알지도 못한 채 앞으로 발을 내딛는 순간이다. 정확히
그 순간에 우리는 삶을 새롭게 쓴다.

나와 함께했던 사람들, 내게 자신이 그 커다란 농가에

서의 삶에 어울릴까 물었던 모든 사람을 떠올려 보았다. 내가 나름의 방식으로 사랑했던 사람들과 그들 나름의 방식으로 나를 사랑했던 모든 사람을 떠올렸다. 호감이 가는 사람, 사랑스러운 사람, 별난 사람, 성가신 사람, 욕심 많은 사람, 매력적인 사람, 소금기 많은 해풍과 작열하는 태양에도 불구하고 열심히 살아가는 바쁜 사람들. 때로는 의지할 수 있었고 때로는 의지할 수 없었던 사람들, 나를 혼자 내버려 두면서도 나와 동행했던 사람들, 내 일상에 들어와 내가 혼자 살 수 있도록 도와준 사람들. 미래를 함께하고 싶었던 사람들과 앞으로 함께하게 될 사람들. 그 모두를 떠올렸다.

철학자 시몬 베유가 우정의 존재를 '기적'이라고, '미美와 마찬가지로 하나의 기적'이라고 표현했을 때의 바로 그 것이다.[112] 베유는 우정 관계 즉, 친밀함과 거리두기 사이에서 균형을 잡는 것이 모호함과 더불어 살아갈 수 있는 전형적인 사례라고 봤다. 우정에 내재되어 있는 불확실성에도 불구하고 우정이 존재한다는 사실 자체가 베유에게는 선물이자 은총이었다.[113] 황당한 소리처럼 들릴지 모르겠지만 이건 오랜 기간에 걸친 그녀의 외롭고 힘들었던 삶과 1, 2차 세계대전 사이에 벌어진 무수한 역사적 재앙들을 겪으며 그녀가 얻어낸 통찰이었다. 여러 번 세상이 멈출 것 같았고, 아무 미래도 없이 깜깜해 보였던 그녀의 삶에서 얻어낸 통찰.

나는 내 손에 쥐고 있던 그 종이를 어떻게 처리하면 좋을지 한참을 고민했다. 어느새 내 발걸음은 주방을 향하고 있었다. 하지만 그 종이를 폐지 바구니에 버리려던 순간 나는 발길을 되돌렸다. 그리고 이유는 말할 수 없지만 종이를 매끈하게 펼쳐서 다시 나의 메모장 사이에 끼워 놓았다.

감사의 글

만약 그들이 없었더라면 내 삶을, 혼자 사는 이 삶을 포기했을지도 모를 그런 사람들이 있다. 가능한 나와 함께 하고 내 편이 되어주는 사람들, 그들 모두에게 감사의 마음을 전한다. 그 가운데 많은 사람이 이 책에 이름이 등장했다. 다른 몇몇은 익명으로 남아 있거나 내 생각 속에 각인되어 있다. 지금 내가 제일 하고 싶은 일은 그 모든 사람의 이름이 들어간 명단을 여기 게재하는 것이다. 그게 내 진심이라는 것을, 그리고 그들이 내 마음속에서 확고한 자리를 차지하고 있다는 것을 알아주기 바란다.

가브리엘레 폰 아르님, 질비아 바르, 이자벨 보그단, 테레지아 엔첸스베르거, 베아트리체 파스벤더, 율리아 그라프, 프란치스카 귄터, 카르스텐 크레델, 크리스토프 마그누손, 리나 무처, 마리 나우만, 마리아 크리스티나 피보바르스

키, 안네 샤르프, 올라프 비엘크, 한야 야나기하라, 야콥 호흐라인, 괴테 인스티튜트의 에스터 미쿠스치스, 낸시 바르메틀러와 캐롤 바르메틀러, 그리고 루체른 '보세주르' 호텔의 마누엘 베르거와 발터 빌리 빌리만한테 특히 감사의 인사를 전한다. 그들은 대화를 통해 이 책의 근간이 되는 나의 성찰에 기여했을 뿐만 아니라 글쓰기 체류라는 형태로 내게 시간적, 정신적 자유를 제공해 주었다. 또한 관대하게도 그들의 첫 번째 독서 경험을 나와 공유해 주고 내게 상당한 지적, 언어적 영감을 주었다. 그들이 없었더라면 이 책《홀로》는 나올 수 없었을 것이다.

옮긴이의 말

문학과 예술에 관한 탁월한 비평으로, 또 사회의 다양한 문제들에 대한 깊이 있는 고찰과 유려한 문체로 유명한 독일의 칼럼니스트이자 에세이스트인 다니엘 슈라이버의 신작 에세이 《홀로》를 국내에 소개하게 되어 몹시 기쁘다. 《홀로》는 알코올 중독의 심각성을 경고한 《어느 애주가의 고백Nüchtern》과 우리 모두가 진정으로 살고 싶고 소속되고 싶은 집은 어떤 곳인가를 탐구한 《집Zuhause》을 통해 작품성과 대중성을 모두 인정받은 다니엘 슈라이버의 세 번째 장편 에세이다.

제목에서 짐작할 수 있듯이 《홀로》는 혼자 사는 삶과 늘 그것과 묶여서 언급되는 외로움의 본질에 관한 탐구이자 성찰이다. 오늘날 우리는 '솔로사회' '홀로살이' '홀로서기' '1인 가구' 같은 표현을 주변에서 흔히 접한다. 굳이 통계수치를 가져오지 않더라도 사회구조 및 가치관의 변화에 따라 홀로 사는 사람들이 갈수록 늘어나고 있다는 방증일 것이다. 이런 추세가 지속되면 머지않은 장래에 다인가구보다 독신가구의 비중이 더 커질지도 모르겠다. 따라서 이런 시대적 변화 속에서 홀로 사는 삶은 어떤 모습일지, 혼자 사는 삶이 과연 행복할 수 있을지, 그에 필연적으로 수반되는 외로움은 어떻게 해결할 수 있을지 고민해 보는 것은 의미가 있다 하겠다.

독신생활 및 외로움이라는 주제가 신선하거나 새로운 것은 아니다. 하지만 코로나19로 인한 시대적 상황은 그것을 보다 현실적이고 사회적인 문제로 인식하는 계기가 됐다. 이는 슈라이버의 경우도 마찬가지였던 듯하다. 슈라이버는 홀로 살고 있으나 친구들과의 교류나 활발한 사회 활동 등으로 독신생활에서 오는 외로움의 문제를 크게 자각하지 못했다. 그러나 팬데믹으로 인한 거리두기와 격리생활, 비대면 접촉이 일상화되고 사람들과의 직접적 소통과 교류가 거의 불가능해지자 외로움을 심하게 앓으면서 본격적으로 그 감정의 본질과 해결책을 모색하고자 한다. 그는 자신이 처한 상황과 문제를 있는 그대로 제시하며 상투적이지 않은 접근법으로 풀어냄으로써 독자들의 공감대를 이끌어낸다. 거창하게 부풀리거나 과장하지 않아도 저자가 솔직하게 털어놓은 문제들은 우리에게도 결코 낯선 일이 아니다.

'홀로'라는 키워드는 일반적으로 '고독'이나 '외로움' '불안' 등 부정적 이미지와 연결된다. 슈라이버의 문제의식은 여기서 출발한다. '홀로 사는 삶이 과연 행복할 수 있을까?' 하는 고민이 시작된 것이다. 홀로 살면 외롭고, 동반자와 함께 살면 외롭지 않은가? 외롭지 않으려면 어떻게 해야 하는가? 우정이 그 해결책이 될 수 있는가? 외로움은 반드시 극복해야 할 문제인가? 외로움과 더불어 사는 방법은 없는가? 홀로 사는 사람에게 필요한 것은 무엇인가? 홀로 사는 것이 일반화된 세상에서 인간 관계는 어떠해야 하는가? '홀로'의 대립어를 '함께'라고 본다면, 이는 결국 관계의 문제라 할 수 있다. '홀로'라는 단어는 왠지 서글프게 들린다. 그래서 우리는 기를 쓰고 누군가와 함께하는 삶을 영위하려 한다. 친구를 사귀고 연애를 하고 결혼을 하는 것이 모두 외로움에서 벗어나려는 일종의 발버둥인 셈이다. 따라서 외로움은 개인적인 문제에 그치지 않고 사회적인 문제이기도 하다. 사회적 동물인 우리 인간들의 관계에 대한 욕구에서 비롯된 문제이기 때문이다.

여기서 슈라이버의 장기가 발휘된다. 슈라이버는 자신의 상황에서 포착한 생각의 단초를 자기연민에 빠져 감상적으로 풀어나가는 대신, 차분하고 깊이 있게 규명해 나간다. 개인적 체험에서 시작된 사유가 일반적 사회현상으로서 외로움이라는 감정을 성찰하는 탐구로 이어진 것이다. 그 과정에서 그는 철학, 심리학, 사회학 등에서 학문적이고 이론적인 근거들을 찾아 제시함으로써 자신의 사유를 객관화시킨다. 우리는 그의 솔직함에 이어 그의 박학함과 학문적 깊이, 심도 있는 성찰에 또 한번 놀란다. 슈라이버는 "힘들이지 않고도 격조 있게 개인적인 것을 추상적인 것으로, 문학적인 것을 사회정치적인 것으로 바꿔버린다"는 어느 비평가의 말에 전적으로 공감하게 된다. 그의 글을 읽다 보면 슈라이버가 얼마나 탁월한 에세이스트인지 확인할 수 있다. 인간적 매력에 더해 자연에 대한 풍부한 지식, 문학과 예술에 대한 탁월한 감수성, 철학적 깊이와 성찰, 그리고 유려한 문체까지 우리가 에세이에서 얻고자 하는 모든 것들이 이 책에 들어 있다.

홀로 사는 삶과 외로움에 대한 슈라이버의 성찰은 우리의 가장 내밀한 곳에 자리하고 있는 불안을 건드리는 동시에 우리를 위로하는 힘을 갖는다. 외로움은 혼자 사는 삶이든 동반자와 함께하는 삶이든 인간 누구에게나 주어진 기본값이자 우리 모두 경험하는 실존적 문제이기 때문이다. 우리는 끊임없이 타인과의 관계에 의문을 제기하고 고민한다. 슈라이버가 외로움을 타개하기 위해 시도하는 방법들, 즉 정원 가꾸기와 요가, 뜨개질, 산책, 등산, 다양한 문화생활, 친구들과의 교류 등은 우리의 소소한 일상과 닮아 있어 더욱 친근하게 다가온다.

하지만 결국 가장 중요한 것은 자신에 대한 확고한 믿음과 홀로 실 수 있는 성숙한 자아가 아닐까. 스스로를 부족하고 결핍된 존재로 인식해 그 결핍을 채워줄 누군가를 필요로 하는 한, 인정의 욕구에 매달려 늘 타인의 시선과 판단을 기준으로 행동하는 한, 우리는 영원히 독립적인 인간이 될 수도, 스스로 행복할 수도 없다. 행복의 주도권을 외부에 넘겨주었기 때문이다. 삶의 기준을 외부에 두는 한 우리의 삶은 늘 외부의 바람에 흔들릴 수밖에 없다. 삶의 주도권을 내가 갖고 있을 때 비로소 행복할 수 있다. 한 마디로 삶의 중심을 단단히 잡고 홀로 설 수 있을 때 행복한 '홀로살이'가 가능해질 것이다.

홀로 살면서 행복해지는 방법을 모색하는 슈라이버의 여정을 따라가다 보면 우리는 그가 도달한 마음의 평화와 안정에서 위안을 얻는다. 물론 그는 자신이 되찾은 마음의 평화와 안정을 하나의 가능성으로 제시할 뿐, 우리에게 강요하지 않는다. 그는 우리에게 이래야 한다, 혹은 저래야 한다는 식으로 섣부르게 조언하지 않는다. 그는 다만 홀로 사는 삶에 대한 자신의 경험과 성찰을 제시함으로써 우리에게도 그 문제에 대해 성찰하고 고민해 볼 기회를 제공해 준다. 세상은 변하고 있고, 변하는 세상을 살고 있는 우리의 생활방식이나 인간관계도 달라지고 있다. 이참에 자신의 삶의 방식, 타인과 관계를 맺는 법 등을 한 번 고민해 보는 것도 의미 있을 것이다. 슈라이버의 사례를 참고해 우리는 외로움을 이기고 행복해질 수 있는 각자의 방법을 궁리하고 모색해 볼 일이다.

2023년 5월
강명순

주

1   Anthony Feinstein & Hannah Storm: The Emotional Toll On Journalists Covering The Refugee Crisis, Bericht des Reuters Institute for the Study of Journalism, Juli 2017; 또한 다음을 참조할 것. Nicole Krass: We're Living in a World of Walls. Here Is a Window to Escape, in: New York Times, 23.10.2020

2   심리적 치료 효과가 있는 정원사 부수 현상에 관해 다음을 참조할 것. Sue Stuart-Smith: The Well Gardened Mind: Rediscovering Nature in the Modern World, London 2020

3   참조. Jean-François Lyotard: Das postmoderne Wissen: Ein Bericht, aus dem Französischen von Oliver Pfersmann, Wien 2019

4   Eva Illouz: Warum Liebe weh tut. Eine soziologische Erklärung, aus dem Englischen von Michael Adrian, Berlin 2012. und dies: Warum Liebe endet. Eine Soziologie negativer Beziehungen, aus dem Englischen von Michael Adrian. Berlin 2020

5   Julia Samuel: This too Shall Pass, Stories of Change, Crisis, and Hopeful Beginnings, London 2020

6   참조. Sasha Roseneil: Neue Freundschaftpraktiken. Fürsorge und Sorge um sich im Zeitalter der Individualisierung, in: Mittelweg 36, Zeitschrift des Hamburger Instituts für Sozialforschung, Jahrgang 2008, Heft 3 Juni/Juli, S. 55-70, hier S. 58-60

7   독일의 1인 가구 숫자는 1730만 명이다. 1990년대 초와 비교했을 때 거의 50퍼센트 증가한 수치로 총가구 수의 42퍼센트에 해당된다. 그에 반해 2인 가구는 34퍼센트에 불과했다. 3,4인 가구는 그보다 훨씬 적다. 거의 모든 서유럽 국가와 북미의 상황도 비슷하다. 정확한 숫자는 다음을 참조할 것. Bevölkerung und Erweibstätigkeit: Haushalte und Familien. Ergebnisse des Mikrozensus, erschienen am 11. Juli 2019, Statistisches Bundesamt (Des-

tatis), 2019

8   왜 밀접한 결속이 정서적 곤경에 맞서는 가장 효과적인 수단이 되
     는지에 대한 학술적인 근거는 다음을 참조할 것. Amir Levine und
     Rachel Heller: Attached, London 2019, 혹은 Giovanni Frazzetto:
     Nähe. Wie wir lieben und begehren, München, 2018

9   Marilyn Friedman: Freundschaft und moralisches Wachstum, in
     Deutsche Zeitschrift für Philosophie, Berlin, Jahrgang 45 (1997),
     Heft 2, S. 235-248, hier S. 235

10   Sascha Roseneil: Neue Freundschaftspraktiken. Fürsorge und
     Sorge um sich im Zeitalter der Individualisierung, in Mittelweg
     36, Zeitschrift des Hamburger Instituts für Sozialforschung,
     Jahrgang 2008, Heft 3 Juni/Juli, Zitate von S. 62 und 67

11   참조. Litz Spencer und Ray Pahl: Rethinking Friendship. Hid-
     den Solidarities Today, Princeton und Oxford 2006

12   참조. Janosch Schobin, Vincenz Leuschner, Sabine Flick, Erika
     Alleweldt, Eric Anton Heuser, Agnes Brandt: Freundschaft heu-
     te: Eine Einführung in die Freundschaftssoziologie, Bielefeld
     2016. 11-19

13   우정 스펙트럼의 자세한 분류는 다음을 참조할 것. Litz Spencer
     und Ray Pahl: Rethinking Friendship. Hidden Solidarities To-
     day, Princeton und Oxford 2006, S. 59-107

14   Maggie Nelson: Die roten Stellen. Die Autobiographie eines
     Prozesses, aus dem Englischen von Jahn Wilm, Berlin 2020, S.
     178

15   Robert Harrison: Gärten. Ein Versuch über das Wesen des Men-
     schen. München 2010

16   Roland Barthes: Über mich selbst, aus dem Französischen von
     Jürgen Hoch (Neuausgabe), Berlin 2010, S. 120

17   Maggie Nelson: Bluets aus dem Englischen von Jan Wilm, Ber-
     lin 2018, S. 35

18   Marguerite Duras: Écrire, Paris 1993, S. 46, 본인의 번역.

19   Lauren Berlant: Cruel Optimism, Durham und London 2011,
     vgl. S. 1-21

20 같은 책 187쪽

21 같은 책 14쪽

22 Roland Barthes: Fragmente einer Sprache der Liebe (erweiterte Ausgabe), 23 Virginia Woolf

23 Virginia Woolf: Stadtbummel. Ein Londoner Abenteuer, in: dies: Der Tod des Falters. Essays, Frankfurt am Main 1997, S. 23

24 방랑자의 철학과 역사에 관해서는 다음을 참조할 것. Rebecca Solnit: Wanderlust. A History of Walking. London 2014

25 특이체질의 개념에 대해서는 다음을 참조할 것. Silvia Bovenschen: Über-Empfindlichkeit. Spielformen der Idiosynkrasie, Frankfurt am Main 2000, 특히 다음 장을 참조할 것. Ach wie schön. Freundschaft und idiosynkratische Befremdungen, S. 119-149

26 'Friendweb'의 일상적 중요성에 관한 믿을만한 설명은 다음 저서에 실려 있다. in: Ann Friedman und Aminatou Sow: Big Friendship. How We Keep Each Other Close, New York 2020, insbesondere S. 99-117

27 Mark S. Granovetter: The Strength of Weak Ties, American Journal of Sociology, Vol. 78, No. 6 (Mai 1973), S. 1360-1380

28 Nicholas A. Christakis und James H. Fowler: Connected. The Surprising Power of Social Networks and How They Shape our Lives, New York und London 2009. oder Lydia Denworth: Friendship. The Evolution, Biology, and Extraordinary Power of Life's Fundamental Bond, New York 2020, insbesondere S. 138-163

29 Adam Philips & Barbara Taylor: On Kindness. London 2009

30 친절에 관한 매우 고무적인 인생철학적 접근은 다음에서 찾을 수 있다. The School of Life: On Being Nice, The School of Life Press, London 2017

31 Silvia Bovenschen: Vom Tanz der Gedanken und Gefühle, in Juliane Beckmann und Silvia Bovenschen(Hrsg.): Von der Freundschaft. Ein Lesebuch. Frankfurt am Main 2009, S. 7-18, hier S. 12

32 Hans-Georg Gadamer: Freundschaft und Selbsterkenntnis. Zur Rolle der Freundschaft in der grichischen Ethik(1985), in: Gesammelte Werke, Bd. 7, Tübingen 1999, S. 396–406, hier S. 405

33 Hans-Georg Gadamer: Freundschaft und Solidarität, in: ders.: Hermeneutische Entwürfe. Vorträge und Aufsätze. Tübingen 2000, S. 56–65, hier S. 56

34 Gilles Deleuze und Félix Guattari: Was ist Philosophie?, aus dem Französischen von Bernd Schwibs und Joseph Vogel, Frankfurt am Main 1996, S. 8 und 17

35 참조. Alexander Nehamas: Über Freundschaft, aus dem Englischen von Elisabeth Liebl, München 2017, S. 19–45

36 Aristoteles: Nochomachische Ethik, Buch VIII, Absatz 2

37 Aristoteles: Nochomachische Ethik, Buch IX, Paragraph 4

38 참조. Andree Michaelis-König und Erik Schilling: Poetik und Praxis der Freundschaft. Zur Einführung, in: dies(Hrsg.): Poetik und Praxis der Freundschaft (1800-1933), Heidelberg 2019, S. 9–23, hier S. 13

39 Andreas Schinkel: Das Selbst im Spiegel des Anderen. Zur Geschichte und Struktur der Freundschaft, in Dirk Villány, Matthias D. Witte, Uwe Sander (Hrsg.): Globale Jugend und Jugendkulturen. Aufwachsen im Zeitalter der Globalisierung, Weinheim und München 2007, S. 315–329, hier S. 318

40 Jacqes Derrida und Michel de Montaigne: Über die Freundschaft, Frankfurt am Main 2000, S. 74

41 같은 책, 78쪽

42 참조. Michael Monsour: The Hackneyed Notions of Adult 'Same-Sex' and 'Opposite-Sex' Friendships, in Mahzad Hojjat und Anne Moyer: The Psychology of Friendship, Oxford 2016, S. 59–74

43 Derrida: Politik der Freundschaft, Frankfurt am Main 2002, S. 137

44 참조. Marylin Yalom mit Theresa Donovan Broen: The Social Sex: A History of Female Friendship, New York 2015

45 Katrin Berndt: Narrating Friendship and the Britisch Novel, 1760-1830, Oxon und New York 2016

46 참조. 이 문제에 관해서는 Lillian Faderman의 영향력 있는 연구를 참조할 것. Lillian Faderman: Surpassing the Love of Men. Romantic Friendship and Love Between Women from the Renaissance to the Present, New York 1981

47 Mitja D. Back, Stefan C. Schmukle und Boris Egloff: Becoming Friends by Chance, in Psychological Science, Mai 2008, Jahrgang 19 (5), S. 439-440

48 Maarten Selfhout, Jaap Denissen, Susan Branje und Wim Meeus: In the Eye of the Beholder: Perceived, Actual, and Peer-Rated Similarity in Personality, Communication, and Friendship Intensity During the Acquaintanceship Process, in: Journal of Personality and Social Psychology, Juni 2009, Jahrgang 96(6), S. 1152-1165

49 예로 Nicholas A. Christakis: Blueprint. The Evolutionary Origin of Good Society, New York 2019, S. 254부터

50 Klaus-Dieter Eichler: Zu einer Philosophie der Freundschaft, in: ders(Hrsg.): Philosophie der Freundschaft, Leipzig 1999, S. 215-241, hier S. 225

51 이 문제에 대해서는 다음을 참조할 것. John Nixon: Hannah Arendt and the Politics of Friendship, London und New York 2015, insbesondere S. 159-175

52 참조. Matthias Bormut: Im Spiegel Lessings oder eine Republik der Freunde, in Hannah Arendt: Freundschaft in finsteren Zeiten. Gedanken zu Lessing. Die Lessing-Rede mit Erinnerungen von Richard Bernstein, Mary McCarty, Alfred Kazi und Jerome Kohn, herausgegeben und eingeleitet von Matthias Bormut. Berlin 2018

53 Hannah Arendt: Freundschaft in finsteren Zeiten. Gedanken zu Lessing. Die Lessing-Rede mit Erinnerungen von Richard Bernstein, Mary McCarty, Alfred Kazi und Jerome Kohn, herausgegeben und eingeleitet von Matthias Bormut. Berlin 2018

54 참조. Richard Riess: Freundschaft-Fement des Lebens, in Richard Riess (Hrsg.): Freundschaft, Darmstadt 2014

55 Derrida: Politik der Freundschaft, Frankfurt am Main 2002, S. 235

56 이 차이점에 대해서는 다음을 참조할 것. Lars Svendsen: A Philosophy of Loneliness, London 2017, S. 15

57 같은 책, 22쪽

58 예로 다음과 같은 책들. David Riesman: The Lonely Crowd. A Study of the Changing American Character, Chicago 1950; Robert Putnam: Bowling Alone. The Collapse and Survival of American Community, New York 2000; Vivek Murthy: Together. The Healing Power of Human Connection in a Sometimes Lonely World, New York 2020; oder zuletzt: Diana Kinnert und Marc Bielefeld: Die neue Einsamkeit. Und wie wir sie als Gesellschaft überwinden können, Hamburg 2021

59 지난 몇 년간 이루어진 훌륭한 연구목록을 여기서 찾을 수 있다. https://www.universityaffairs.ca/features/feature-article/loneliness-the-silent-killer/

60 참조. George E. Vaillant: The Men of the Havard Grant Study, London 2012, 특히 S. 27-53

61 Olivia Laing: The Lonely City. Adventures in the Art of Being Alone, Edinburgh und London 2016, S. 25

62 Robert Weiss: Loneliness. The Experience of Emotional and Social Isolation, Boston 1975, S. 12

63 Frieda Fromm-Reichmann: Loneliness, in Contemporary Psychoanalysis, Heft 26, Jahrgang 1990, S. 305-329 (1959년도 에세이를 재발간함), 특히 S. 313부터 참조할 것

64 같은 책

65 Robert Weiss: Loneliness. The Experience of Emotional and Social Isolation, Boston 1975, S. 11

66 Giovanni Frazzetto: Nähe. Wie wir lieben und begehren, München 2018, S. 19

67 Melanie Klein: On the Sense of Loneliness (1963) in,: dies: Envy

and Gratitude and Other Works, 1946–1963 (The Writings of Melanie Klein), London 1984, S. 300–313

68 Victor Turner: Das Ritual. Struktur und Anti-Struktur. Aus dem Englischen von Sylvia M. Schomburg-Scherff, Frankfurt und New York 1989, S. 95부터

69 Pauline Boss: Ambiguous Loss Theory: Challenges for Scholars Practitioners, in Family Reactions, April 2007, Jahrgang 56, Heft 2, S. 105–112; s. auch: Pauline Boss: Verlust, Trauma, Resilienz, Die therapeutische Arbeit mit dem uneindeutigen Verlust, Stuttgart 2008

70 참조. Hannah Black: The Loves of Others, 22.06.2018, The New Inquiry (https://thenewinquiry.com/the-loves-of-others/)

71 같은 책

72 Lauren Berlane: Desire / Love, Brooklyn 2012, S. 69

73 Zygmunt Bauman: Liquid Love. On the Frailty of Human Bonds, Cambridge 2003, S. VIII부터

74 이 용어에 대해서는 다음을 참조할 것. Patrick Carnes: Sexual Anorexia. Overcoming Sexual Self-Hatred, Center City 1997, und Douglas Weiss: Intimacy Anorexia: Healing the Hidden Addiction in Your Marriage, Colorado Springs 2010

75 Janosch Schobin: Sechs Farben und drei Rotationsachsen. Versuch über Verpflichtungen in Freundschaften, in: Mittelweg 36, Zeitschrift des Hamburger Instituts für Sozialforschung, Juni/Juli, Jahrgang 2008, S. 17–41, Zitate S. 36 und 38

76 뜨개질의 역사와 철학에 관해서는 다음을 참조할 것. Loretta Napoleoni: The Power of Knitting: The Stitching Together Our Lives in a Fractured World, New York 2020; Richard Rutt: A History of Hand Knitting, New York 1989; Ann Patchett: How Knitting Saved My Life. Twice, in: Ann Hood(Hrsg.): Knitting Yarns. Writers on Knitting, New York und London 2014, S. 204–211

77 Viktor Turner: Das Ritual. Struktur and Anti-Struktur. Aus dem Englischen von Sylvia M. Schomburg-Scherff, Frankfurt

und New York 1989, S. 159부터

78 같은 책 204쪽. Eugene Rochberg-Halton의 후기도 참고할 것.

79 Pauline Boss und Donna Carnes: The Myth of Closure, in Family Process; Dezember 2012, Jahrgang 51, Heft 4, S. 456-470

80 Roland Bartes: Wie zusammen leben. Situationen einiger alltäglicher Räume im Roman. Vorlesung am Collège de France 1976-1977, herausgegeben von Érik Marty, Texterstellung, Anmerkung und Vorwort von Claude Coste, aus dem Französischen von Horst Brümann, Frankfurt am Main 2007, S. 62-65

81 Roland Bartes: Tagebuch der Trauer, Texterstellung und Anmerkungen von Nathalie Léger, aus dem Französischen von Horst Brühmann, Munchen 2010, S. 188

82 Walt Odets: Out of Shadows. Rejmagining Gay Men's Lives, New York 2019, vgl. vor allem S. 221-225

83 Eve Kosofsky Sedgwick: Shame, Theatricality, and Queer Performativity: Henry James's The Art of the Novel, in: David M. Halperin und Valerie Truab: Gay Shame, Chicago und London 2009, S. 49-62

84 Alan Downs: The Velvet Rage. Overcoming the Pain of Growing Up Gay in a Straight Man's World, Cambridge 2005, 특히 Compensating for Shame 장을 볼 것. S. 71-106

85 Didier Eribon: Betrachtungen zur Schwulen Frage, aus dem Französischen von Achim Russer und Bernd Schibs, Berlin 2019, S. 12

86 동성애를 다뤄 온 역사에 관해서는 특히 다음 책들을 참조할 것. Benno Altman und Jonathan Symons: Queer Wars. Erfolge und Bedrohungen einer Bewegung(다니엘 슈라이버의 서문이 있는 Hans Freundl 번역의 영어판), Berlin 2017; Lilian Faderman: The Gay Revolution. The Story of the Struggle, New York 2015; und Benno Gammerl: Anders fühlen. Schwules und lesbisches Leben in der Bundesrepublik. Eine Emotionsgeschichte, München 2021

87 Pierre Borudieu: Der Tote packt den Lebenden, Neuauflage der

Schriften zu Politik und Kultur 2, herausgegeben von Margareta Steinrücke, aus dem Französischen von Jürgen Bolder unter Nitarbeit von Ulrike Nordmann u.a., Hamburg 2011, S. 47

88 Roxane Gay: Hunger. A Memoir of (my) Body, New York 2017, S. 37

89 이 디스토피아에 대한 묘사를 보려면 다음의 위대한 에세이를 볼 것. Loneliness in the Age of Grindr, des indigen-kanadischen Autors Billy-Ray Belcourt:, in ders: A History of my Brief Body, S. 59–67

90 그 문제에 대해서는 다음을 참조할 것. Michel Foucault: Von der Freundschaft als Lebensweise. Michel Foucault im Gespräch, deutsch von Marianne Karbe und Walter Seiter, Berlin 1984, 특히 S. 85–94; 또한 다음을 참조할 것. die biographische Studie über die komplizierten Freundschaften im Leben Foucaults: Tom Roach: Friendship as a Way of Life. Foucault, AIDS, and the Politics of Shared Estrangement, New York 2012

91 Didier Eribon: Betrachtungen zur Schwulenfrage aus dem Französischen von Achim Russer und Bernd Schwibs, Berlin 2019, S. 41부터

92 Jacques Derrida: Politik der Freundschaft, Frankfurt am Main 2002, 특히 S. 231–259

93 Audre Lorde: A Burst of Light and Other Essays, Mineaola 2017, S. 140

94 Susie Orbach: Bodies. Im Kampf mit dem Körper, überarbeitete und erweiterte Neuausgabe mit einem Vorwort von Margarete Stokowski, aus dem Englischen von Cornelia Holfelder-von der Tann, Zürich und Hamburg 2021, Zitate von S. 215 und 227

95 Olivia Laing: Everybody. A Book About Freedom, London 2021, 특히 서론을 참조할 것

96 Bessel van der Kolk: The Body Keeps the Score. Mind, Brain and Body in the Transformation of Trauma, 특히 요가 수행과 요가의 심리적 효과에 대한 그의 탁월한 설명을 볼 것. S. 263–274

97 Sherry Turkle: Alone Together. Why We Expect More from

Technology and Less from Each Other, New York 2011;; und Sherry Turkle: Reclaiming Conversation. The Power of Talk in a Digital Age, New York 2015

98 Odo Marquard: Plädoyer für die Einsamkeitsfähigkeit, in ders: Skepsis und Zustimmung. Philosophische Studien, Stuttgart 1995, S. 110-122

99 다음 책들 참조. Clark A. Moustakas: Loneliness, Englewood Cliffs 1961; Ben Lazare Mijuskovic: Loneliness in Philosophy, Psychology and Literature, New York, London und Amsterdam 1979, 그중에서 특히 Loneliness and a Theory of Consciousness 장 참조할 것

100 참조. Clark A. Moustakas: Loneliness, Englewood Cliffs 1961

101 Michel de Montaigne: Über die Einsamkeit, in: Michel de Montaigne: Essais, ausgewählt, übertragen und eingeleitet von Arthur Franz, Ditzingen 1969, S. 119-125, Zitat von S. 121부터 인용

102 Hannah Arendt: Vom Leben des Geistes. Das Denken. Das Wollen, herausgegeben von Hermann Vetter, München 1998, 특히 S. 75-85

103 Emmanuel Lévinas: Die Zeit und der Andere, übersetzt und mit einem Nachwort versehen von Ludwig Wenzler, Hamburg 2003, vgl. 특히 S. 17-29

104 Audre Lorde: The Selected Works of Audre Lorde, edited and with an introduction by Roxane Gay, New York 2020, S. 163

105 Árpád Szakolczai: Reflexive Historical Sociology, London 2000, 특히 S. 2017-2217; und Árpád Szakolczai: Permanent (Trickster) Liminality: The Reasons of the Heart and of the Mind, in: Theory & Psychology 2017, Vol. 27(2), S. 231-248

106 이 복합적 주제에 대해서는 다음을 참조할 것. Bjørn Thomassen: Liminality and the Modern. Living through the In-Between, Farnham und Burlington 2014

107 Roland Barthes: Tagebuch der Trauer. Texterstellung und Anmerkungen von Nathalie Léger, aus dem Französischen von

Horst Brühmann, München 2010, S. 132

108 Deborah Levy: Real Estate, London 2021, S. 83

109 Pauline Boss: Verlust, Trauma, Resilienz. Die therapeutische
Arbeit mit dem uneindeutigen Verlust, Stuttgart 2008, 특히
Therapeutsche Ziele im Umgang mit uneindeutigem Verlust, S.
103–267 참조할 것

110 이 정원이 탄생하게 된 배경과 역사는 다음을 참고할 것. Derek
Jarman: Derek Jarman's Garden, with photographs by Howard
Sooley, London 1996

111 Derek Jarman: Modern Nature: The Journals of Derek Jarman,
1989–1990, with an Introduction by Olivia Laing, London 2018

112 Simone Weil: Schwerkraft und Gnade, aus dem Französischen
von Friedhelm Kemp, neu herausgegeben von Charlotte Bohn
und mit einem Essay von Frank Witzel, Berlin 2021, S. 76

113 참조. Simone Weil: Amitié. L'art de bien aimer, Préface de
Valérie Gérard. Editions Payot & Rivages, Paris 2016. 또한
Valerié Gérard의 훌륭한 서문을 참조할 것. S. 7–24

참고문헌

Benno Altman und Jonathan Symons: Queer Wars. Erfolge und Bedrohungen einer Bewegung, aus dem Englischen von Hans Freundl und mit einem Vorwort von Daniel Schreiber, Berlin 2017

Hannah Arendt: Vom Leben des Geistes. Das Denken. Das Wollen, herausgegeben von Mary McCarthy, aus dem Amerikanischen von Hermann Vetter, München 1998

Hannah Arendt: Freundschaft in finsteren Zeiten. Gedanken zu Lessing. Die Lessing-Rede mit Erinnerungen von Richard Bernstein, Mary McCarthy, Alfred Kazi und Jerome Kohn, herausgegeben und eingeleitet von Matthias Bormuth, Berlin 2018

Aristoteles: Nikomachische Ethik, herausgegeben und neu übersetzt von Ursula Wolf, Reinbek 2006

Mitja D. Back, Stefan C. Schmukle und Boris Egloff: Becoming Friends by Chance, in: Psychological Science, Mai 2008, Jahrgang 19, Heft 5, S. 439–440

Alain Badiou mit Nicolas Truong: In Praise of Love, aus dem Französischen von Peter Bush, London 2012

Roland Barthes: Wie zusammen leben. Situationen einiger alltäglicher Räume im Roman. Vorlesung am Collège de France 1976-1977, herausgegeben von Éric Marty, Texterstellung, Anmerkung und Vorwort von Claude Coste, aus dem Französischen von Horst Brühmann, Frankfurt am Main 2007

Roland Barthes: Über mich selbst, aus dem Französischen von Jürgen Hoch (Neuausgabe), Berlin 2010

Roland Barthes: Tagebuch der Trauer, Texterstellung und Anmerkungen von Nathalie Léger, aus dem Französischen von Horst Brühmann, München 2010

Roland Barthes: Fragmente einer Sprache der Liebe (erweiterte Ausgabe), aus dem Französischen von Horst Brühmann und Hans-Horst Henschen, Berlin 2015

Zygmunt Bauman: Liquid Love. On the Frailty of Human Bonds, Cambridge 2003

Billy-Ray Belcour: A History of my Brief Body, Columbus 2020

Lauren Berlant: Cruel Optimism, Durham und London 2011

Lauren Berlant: Desire/Love, Brooklyn 2012

Katrin Berndt: Narrating Friendship and the British Novel, 1760–1830, Oxon und New York 2016

Mattilda Bernstein Sycamore (Hrsg.): Why Are Faggots So Afraid of Faggots? Flaming Challenges to Masculinity, Objectification, and the Desire to Conform, Oakland, Edinburgh, Baltimore 2012

Hannah Black: The Loves of Others, 22.06.2018, The New Inquiry (https://thenewinquiry.com/the-loves-of-others/)

Matthias Bormuth: Im Spiegel Lessings oder Eine Republik der Freunde, in Hannah Arendt: Freundschaft in finsteren Zeiten. Gedanken zu Lessing. Die Lessing-Rede mit Erinnerungen von Richard Bernstein, Mary McCarthy, Alfred Kazi und Jerome Kohn, herausgegeben und eingeleitet von Matthias Bormuth, Berlin 2018

Pauline Boss: Ambiguous Loss Theory: Challenges for Scholars and Practitioners, in Family Relations, April 2007, Jahrgang 56, Heft 2, S. 105–112

Pauline Boss: Verlust, Trauma, Resilienz. Die therapeutische Arbeit mit dem uneindeutigen Verlust, aus dem Englischen von Astrid Hildenbrand, Stuttgart 2008

Pauline Boss und Donna Carnes: The Myth of Closure, in: Family Process, Dezember 2012, Jahrgang 51, Heft 4, S. 456–470

Pierre Bourdieu: Der Tote packt den Lebenden, Neuauflage der Schriften zu Politik und Kultur 2, herausgegeben von Margareta Steinrücke, aus dem Französischen von Jürgen Bolder unter Mitarbeit von Ulrike Nordmann u.a., Hamburg 2011

Silvia Bovenschen: Über-Empfindlichkeit. Spielformen der Idiosynkrasie, Frankfurt am Main 2000

Silvia Bovenschen: Vom Tanz der Gedanken und Gefühle, in: Juliane
    Beckmann und Silvia Bovenschen (Hrsg.): Von der Freundschaft.
    Ein Lesebuch, Frankfurt am Main 2009, S. 7–18
Christina von Braun: Blutsbande. Verwandtschaft als Kulturgeschichte,
    Berlin 2018
Anita Brookner: Hotel du Lac, London 1994
Patrick Carnes: Sexual Anorexia. Overcoming Sexual Self-Hatred, Cen-
    ter City 1997
Nicholas A. Christakis und James H. Fowler: Connected. The Surpris-
    ing Power of Social Networks and How They Shape our Lives,
    New York und London 2009
Nicholas A. Christakis: Blueprint. The Evolutionary Origin of Good
    Society, New York 2019
Gilles Deleuze und Felix Guattari: Was ist Philosophie?, aus dem
    Französischen von Bernd Schwibs und Joseph Vogel, Frankfurt
    am Main 1996
Lydia Denworth: Friendship. The Evolution, Biology, and Extraordi-
    nary Power of Life's Fundamental Bond, New York 2020
Jacques Derrida: Politik der Freundschaft, aus dem Französischen von
    Stefan Lorenzer, Frankfurt am Main 2002
Jacques Derrida und Michel de Montaigne: Über die Freundschaft, aus
    dem Französischen von Stefan Lorenzer und Hans Stilett, Frank-
    furt am Main 2000
Joan Didion: The Year of Magical Thinking, New York 2005
Joan Didion: Slouching towards Bethlehem. Essays, New York 2008
Joan Didion: The White Album. Essays, New York 2009
Alan Downs: The Velvet Rage. Overcoming the Pain of Growing up Gay
    in a Straight Man's World, Cambridge 2005
Marguerite Duras: Écrire, Paris 1993
Klaus-Dieter Eichler: Zu einer Philosophie der Freundschaft, in:
    Klaus-Dieter Eichler (Hrsg.): Philosophie der Freundschaft,
    Leipzig 1999, S. 215–241
Didier Eribon: Betrachtungen zur Schwulenfrage, aus dem Französ-

sischen von Achim Russer und Bernd Schwibs, Berlin 2019

Annie Ernaux: Die Jahre, aus dem Französischen von Sonja Finck, Berlin 2017

Lillian Faderman: Surpassing the Love of Men. Romantic Friendship and Love Between Women from the Renaissance to the Present, New York 1981

Lillian Faderman: The Gay Revolution. The Story of the Struggle, New York 2015

Anthony Feinstein und Hannah Storm: The Emotional Toll On Journalists Covering The Refugee Crisis, Bericht des Reuters Institute for the Study of Journalism, Juli 2017

Bruce Fink: Lacan on Love. An Exploration of Lacan's Seminar VIII, Transference, Cambridge 2016

Michel Foucault: Von der Freundschaft. Als Lebensweise. Michel Foucault im Gespräch, aus dem Französischen von Marianne Karbe und Walter Seitter, Berlin 1984

Giovanni Frazzetto: Nähe. Wie wir lieben und begehren, München 2018

Ann Friedman und Aminatou Sow: Big Friendship. How We Keep Each Other Close, New York 2020

Marilyn Friedman: Freundschaft und moralisches Wachstum, in: Deutsche Zeitschrift für Philosophie, 1997, Jahrgang 45, Heft 2, S. 235–248

Frieda Fromm-Reichmann: Loneliness, in: Contemporary Psychoanalysis, Jahrgang 1990, Heft 26, S. 305–329 (Wiederabdruck des originalen Essays von 1959)

Hans-Georg Gadamer: Freundschaft und Selbsterkenntnis. Zur Rolle der Freundschaft in der griechischen Ethik (1985), in: Gesammelte Werke, Bd. 7, Tübingen 1999, S. 396–406

Hans-Georg Gadamer: Freundschaft und Solidarität, in: Hans-Georg Gadamer: Hermeneutische Entwurfe. Vorträge und Aufsätze, Tübingen 2000, S. 56–65

Benno Gammerl: Anders fühlen. Schwules und lesbisches Leben in der

Bundesrepublik. Eine Emotionsgeschichte, München 2021

Roxane Gay: Hunger. A Memoir of (My) Body, New York 2017

Mark S. Granovetter: The Strength of Weak Ties, in: American Journal of Sociology, Mai 1973, Jahrgang 78, Heft 6, S. 1360-1380

Robert Harrison: Garten. Ein Versuch über das Wesen des Menschen, München 2010

Siri Hustvedt: Living, Thinking, Looking. Essays, New York 2012

Eva Illouz: Warum Liebe weh tut. Eine soziologische Erklärung, aus dem Englischen von Michael Adrian, Berlin 2012

Eva Illouz: Warum Liebe endet. Eine Soziologie negativer Beziehungen, aus dem Englischen von Michael Adrian, Berlin 2020

Derek Jarman: Derek Jarman's Garden, with photographs by Howard Sooley, London 1996

Derek Jarman: Modern Nature. The Journals of Derek Jarman, 1989-1990, with an introduction by Olivia Laing, London 2018

Diana Kinnert und Marc Bielefeld: Die neue Einsamkeit. Und wie wir sie als Gesellschaft überwinden können, Hamburg 2021

Melanie Klein: On the Sense of Loneliness (1963), in: Melanie Klein: Envy and Gratitude and Other Works, 1946-1963 (The Writings of Melanie Klein), London 1984, S. 300-313

Bessel van der Kolk: The Body Keeps the Score. Mind, Brain and Body in the Transformation of Trauma, New York 2015

Eve Kosofsky Sedgwick: A Dialogue on Love, Boston 1999

Eve Kosofsky Sedgwick: Shame, Theatricality, and Queer Performativity: Henry James's The Art of the Novel, in: David M. Halperin und Valerie Traub: Gay Shame, Chicago und London 2009, S. 49-62

Siegfried Kracauer: Über die Freundschaft. Essays, Frankfurt am Main 1978

Nicole Krauss: We're Living in a World of Walls. Here Is a Window to Escape, New York Times, 23.10.2020

Julia Kristeva: Geschichten von der Liebe, aus dem Französischen von Wolfram Bayer und Dieter Hornig, Berlin 2019

Olivia Laing: The Lonely City. Adventures in the Art of Being Alone,

Edinburgh und London 2016

Olivia Laing: Everybody. A Book About Freedom, London 2021

Ben Lazare Mijuskovic: Loneliness in Philosophy, Psychology and Literature, New York, London und Amsterdam 1979

Emmanuel Lévinas: Die Zeit und der Andere, übersetzt und mit einem Nachwort versehen von Ludwig Wenzler, Hamburg 2003

Amir Levine und Rachel Heller: Attached, London 2019

Deborah Levy: Things I Don't Want to Know, London 2013

Deborah Levy: The Cost of Living, London 2018

Deborah Levy: Real Estate, London 2021

Audre Lorde: A Burst of Light and Other Essays, Mineaola 2017

Audre Lorde: The Selected Works of Audre Lorde, ausgewählt und mit einem Vorwort von Roxane Gay, New York 2020

Jean-François Lyotard: Das postmoderne Wissen: Ein Bericht, aus dem Französischen von Otto Pfersmann, Wien 2019

Odo Marquard: Plädoyer für die Einsamkeitsfähigkeit, in: Odo Marquard: Skepsis und Zustimmung. Philosophische Studien, Stuttgart 1995, S. 110–122

Andree Michaelis-König und Erik Schilling: Poetik und Praxis der Freundschaft. Zur Einfuhrung, in: dies. (Hrsg.): Poetik und Praxis der Freundschaft (1800–1933), Heidelberg 2019, S. 9–23

Michael Monsour: The Hackneyed Notions of Adult "Same-Sex" and "Opposite-Sex" Friendships, in: Mahzad Hojjat und Anne Moyer: The Psychology of Friendship, Oxford 2016, S. 59–74

Michel de Montaigne: Über die Einsamkeit, in: Michel de Montaigne: Essais, ausgewählt, übertragen und eingeleitet von Arthur Franz, Ditzingen 1969, S. 119–125

Michel de Montaigne: Von der Freundschaft, aus dem Französischen von Herbert Lüthy, mit einem Nachwort von Uwe Schultz, München 2005

Clark A. Moustakas: Loneliness, Englewood Cliffs 1961

Vivek Murthy: Together. The Healing Power of Human Connection in a Sometimes Lonely World, New York 2020

Loretta Napoleoni: The Power of Knitting: Stitching Together Our Lives in a Fractured World, New York 2020

Alexander Nehamas: Über Freundschaft, aus dem Englischen von Elisabeth Liebl, München 2017

Maggie Nelson: Bluets, aus dem Englischen von Jan Wilm, Berlin 2018

Maggie Nelson: Die roten Stellen. Autobiographie eines Prozesses, aus dem Englischen von Jan Wilm, Berlin 2020

Jon Nixon: Hannah Arendt and the Politics of Friendship, London und New York 2015

Walt Odets: Out of the Shadows. Reimagining Gay Men's Lives, New York 2019

Susie Orbach: Bodies. Im Kampf mit dem Körper, überarbeitete und erweiterte Neuausgabe mit einem Vorwort von Margarete Stokowski, aus dem Englischen von Cornelia Holfelder-von der Tann, Zürich und Hamburg 2021

Ann Patchett: Truth and Beauty. A Friendship, New York 2004

Ann Patchett: How Knitting Saved My Life. Twice, in: Ann Hood (Hrsg.): Knitting Yarns. Writers on Knitting, New York und London 2014, S. 204–211

Adam Philips und Barbara Taylor: On Kindness, London 2009

Robert Putnam: Bowling Alone. The Collapse and Survival of American Community, New York 2000

David Riesman: The Lonely Crowd. A Study of the Changing American Character, Chicago 1950

Richard Riess: Freundschaft-Ferment des Lebens, in: Richard Riess (Hrsg.): Freundschaft, Darmstadt 2014

Tom Roach: Friendship as a Way of Life. Foucault, AIDS, and the Politics of Shared Estrangement, New York 2012

Sasha Roseneil: Neue Freundschaftspraktiken. Fursorge und Sorge um sich im Zeitalter der Individualisierung, in: Mittelweg 36, Zeitschrift des Hamburger Instituts fur Sozialforschung, Jahrgang 2008, Heft 3 Juni/Juli, S. 55–70

Richard Rutt: A History of Hand Knitting, New York 1989

Julia Samuel: This Too Shall Pass. Stories of Change, Crisis and Hopeful Beginnings, London 2020

Jean-Paul Sartre: Der Ekel. Roman, mit einem Anhang, der die in der ersten französischen Ausgabe vom Autor gestrichenen Passagen enthält, deutsch von Uli Aumüller, Reinbek 2020

Andreas Schinkel: Das Selbst im Spiegel des Anderen. Zur Geschichte und Struktur der Freundschaft, in: Dirk Villány, Matthias D. Witte, Uwe Sander (Hrsg.): Globale Jugend und Jugendkulturen. Aufwachsen im Zeitalter der Globalisierung, Weinheim und München 2007, S. 315–329

Janosch Schobin: Sechs Farben und drei Rotationsachsen. Versuch über Verpflichtungen in Freundschaften, in: Mittelweg 36, Zeitschrift des Hamburger Instituts für Sozialforschung, Jahrgang 2008, Heft 3 Juni/Juli, S. 17–41

Janosch Schobin, Vincenz Leuschner, Sabine Flick, Erika Alleweldt, Eric Anton Heuser, Agnes Brandt: Freundschaft heute: Eine Einführung in die Freundschaftssoziologie, Bielefeld 2016, S. 11–19

Maarten Selfhout, Jaap Denissen, Susan Branje und Wim Meeus: In the Eye of the Beholder: Perceived, Actual, and Peer-Rated Similarity in Personality, Communication, and Friendship Intensity During the Acquaintanceship Process, in: Journal of Personality and Social Psychology, Juni 2009, Jahrgang 96, Heft 6, S. 1152–1165

Rebecca Solnit: Wanderlust. A History of Walking, London 2014

Liz Spencer und Ray Pahl: Rethinking Friendship. Hidden Solidarities Today, Princeton und Oxford 2006

Sue Stuart-Smith: The Well-Gardened Mind: Rediscovering Nature in the Modern World, London 2020

Lars Svendsen: A Philosophy of Loneliness, London 2017

Árpád Szakolczai: Reflexive Historical Sociology, London 2000

Árpád Szakolczai: Permanent (Trickster) Liminality: The Reasons of the Heart and of the Mind, in: Theory & Psychology, 2017, Jahrgang 27, Heft 2, S. 231–248

The School of Life: On Being Nice, London 2017

Bjørn Thomassen: Liminality and the Modern. Living Through the In-Between, Farnham und Burlington 2014

Sherry Turkle: Alone Together. Why We Expect More from Technology and Less from Each Other, New York 2011

Sherry Turkle: Reclaiming Conversation. The Power of Talk in a Digital Age, New York 2015

Victor Turner: Das Ritual. Struktur und Anti-Struktur, aus dem Englischen von Sylvia M. Schomburg-Scherff, Frankfurt und New York 1989

George E. Vaillant: The Men of the Harvard Grant Study, London 2012

Simone Weil: Amitié. L'art de bien aimer, Préface de Valérie Gérard, Paris 2016

Simone Weil: Schwerkraft und Gnade, aus dem Französischen von Friedhelm Kemp, neu herausgegeben von Charlotte Bohn und mit einem Essay von Frank Witzel, Berlin 2021, S. 76

Douglas Weiss: Intimacy Anorexia: Healing the Hidden Addiction in Your Marriage, Colorado Springs 2010

Robert Weiss: Loneliness. The Experience of Emotional and Social Isolation, Boston 1975

Virginia Woolf, Stadtbummel. Ein Londoner Abenteuer, in: dies.: Der Tod des Falters. Essays, Frankfurt am Main 1997

Marilyn Yalom mit Theresa Donovan Brown: The Social Sex: A History of Female Friendship, New York 2015

옮긴이 **강명순**

고려대학교 독어독문학과를 졸업한 뒤 동 대학원에서 박사 학위를 받았다. 문학의 본질을 명징하게 알리고자 전문 번역가로 활동하고 있다. 옮긴 책으로는 《젊은 베르테르의 슬픔》《수레바퀴 아래서》《스웨덴 기사》《향수》《헬무트 슈미트, 구십 평생 내가 배운 것들》《폭스 밸리》《죄의 메아리》《속임수》《디너》《미하엘》 등이 있다.

홀로

초판 1쇄 발행 2023년 7월 7일
초판 2쇄 발행 2024년 2월 7일

지은이 다니엘 슈라이버
옮긴이 강명순
책임편집 양하경
디자인 주수현

펴낸곳 (주)바다출판사
주소 서울시 마포구 성지1길 30 3층
전화 02 - 322 - 3675(편집) 02 - 322 - 3575(마케팅)
팩스 02 - 322 - 3858
이메일 badabooks@daum.net
홈페이지 www.badabooks.co.kr

ISBN 979-11-6689-170-0 03850